北方有所寄

宋长征　著

山东文艺出版社

图书在版编目（CIP）数据

北方有所寄 / 宋长征著 . —济南: 山东文艺出版社，
2024.1

ISBN 978-7-5329-6727-8

Ⅰ . ①北… Ⅱ . ①宋… Ⅲ . ①散文集—中国—当代
Ⅳ . ① I267

中国国家版本馆 CIP 数据核字（2023）第 168661 号

北方有所寄
BEIFANG YOU SUOJI

宋长征　著

主管单位	山东出版传媒股份有限公司	
出版发行	山东文艺出版社	
社　址	山东省济南市英雄山路 189 号	
邮　编	250002	
网　址	www.sdwypress.com	

读者服务　0531-82098776（总编室）
　　　　　　0531-82098775（市场营销部）
电子邮箱　sdwy@sdpress.com.cn

印　刷	山东临沂新华印刷物流集团有限责任公司
开　本	880 毫米 × 1230 毫米　1 / 32
印　张	7.25
字　数	145 千
版　次	2024 年 1 月第 1 版
印　次	2024 年 1 月第 1 次印刷
书　号	ISBN 978-7-5329-6727-8
定　价	42.00 元

乡土：物与人的承载（序）

清明时节，你会看见很多人驱车返乡，家里还有亲人的，一起上坟、添土、摆几样清供，寄托哀思；不能回家或无家可回的，就在城市的某个路口烧几张纸钱，也是一种对故乡表达情感的方式。冥冥中，无论是城里人还是乡下人，总会在某个节日想起自己的根，想起某座村庄，想起一些过世的亲人，这是文学之源。

偌大的北京城有三千多年历史，发端于一个叫作董家林的小村庄。这就是乡土的概念，能够把一座几千年的城市还原成当年的村庄，那么，或许如今的我们只不过是住在一个比较拥挤的大村庄里，所有人概莫能外。

很长时间以来，文化或者文学已经在很多地方、很多人群中失去位置，我所在的小镇更是如此。年少时，镇上还有一家书店，镇街上还有流动的书摊，几个村子还有一座图书室，生活中还有书的影子。村里也会有几个识文断字的人，此为乡贤。谁家有了什么大事，比如乡邻、兄弟之间产生了矛盾，就请村子里德高望重的人前来调解。现如今，这样的人越来越少。

读书的能指在这里有了最为明确的体现——父母期望子女走出乡村，奋力摆脱泥土的束缚，找到一个不错的工作。结果就是让村庄成了一座空巢，年轻人候鸟般归来离去，老年人在家里眼巴巴地守望。

乡土文学成为在坊间流传的书写，太多人离开家乡，就难免有思乡之苦。看见路边的一花一草，就想起故土；看见在城市边缘流浪的人，就开始虚构一些离奇的章节。而真正需要触碰的某些东西，比如薪火相传，比如农耕文明的传统理念，比如城市的欲望挣扎与无奈之外仅存的诗意，一个游离于泥土之外的人很难看清。这是在场的失去，乡土成了一种借代工具，以模糊的背景承载人性的失去以及乡土精神的缺失。

再就是断层，从空间上来讲，乡土与城市二分法让文学表达出现了断裂。在我来看，乡土无非是对物与人的承载。有一个词叫物是人非，物的功用没有发生根本的改变，泥土里还在生长庄稼与野草，煮饭用的还是锅而非其他，再豪华的家具也离不开木头，再宽敞的别墅也离不开砖瓦。人也是，吃五谷杂粮，衣食住行每一样都离不开村庄与土地。

这里牵扯到传承问题，就像现在大力保护非物质文化遗产一样，我们想要留下的不过是一些日渐模糊的脉络，以此

北方有所奇

告诉后人，世界从何而来，眼前的日子从何而来。无论机械化、现代化的力量如何强大，也还是不能离开自然大地，吃的、用的、穿的、戴的，都不是凭空而来。我开始喜欢这样的梳理，从一件普通的农具、物事出发，考证、分析它的实用价值以及发展脉络，还有其与现代生活之间的关系。比如猪的驯化、进化与发展，比如纺织的起源、流变与传承。这是一个烦琐的过程，《考工记》《王祯农书》《齐民要术》《事物纪原》等，弥补了我对农业文明了解的不足。当然，村庄与乡土成了现实中的背景，村庄里的人成为生活在这片土地上的主角，他们的悲欢、迁徙与无奈就成了书中的情节。每当梳理完一件物或者一宗事，泥土之上的演变就开始变得清晰，那些有温度的旧物、旧时的人，恍若在眼前。

最后归结到乡土文学失去的问题上来，无论是在场的失去，还是空间上的失去，都让乡土文学这个概念陷入尴尬的处境。农耕文明虽已发展了几千年，却也难以抵挡现代社会或者工业文明的剧烈冲击。一方面，传统品德的某种丧失，现代文明的某种颓废与凌乱，无不为书写提供了巨大空间。而另一方面，随着新式传媒的兴起，人们对文学的疏离也更加明显。

我倾向于一种有价值的书写，而不是情绪的漫溢。无论着笔乡土或者城市，都是基于人性的书写，这对每一种题材而言都确定无疑。

目 录

北方有所寄

我从公共汽车上下来，一脚踏进了冰天雪地。大风刮着，大片大片的雪花飞舞，让人睁不开眼睛，看不清楚眼前白茫茫的世界。我收紧了那件破旧军大衣的衣领，风还是从领口、袖口灌了进去，冰凉，刺骨。有倒骑驴的三轮车车夫围了上来，一张嘴哈出一口白气，很快便烟消云散。"去哪儿？到谁家？找谁？我拉你，便宜。"我尽管有些茫然，到底还是心里有些底气，好像做了多年的长梦，终于到了苏醒的一天。

大哥和二哥，都在这片荒寒之地。打从有记忆开始，我就知道了世界上有这么一个地方，在极北之地，在那个遥远到站在树梢上也看不见的地方，有我们的亲人。大哥第一次返乡，那时二哥还在老家，有人从县城捎信回来，说大哥来了。去县城的路有些远，自行车尾巴上绑着一架板车，板车上驮着一床老粗布棉被和我。大哥后来说，多亏了那床棉被，一看就知道是我们家的。那次大哥的到来，给我的童年增添了许多回忆。院子里的老椿树还在，大哥带来的有着一根背带的半导体收音机在老屋里响着。快到年关，院子里放着劈好的木柴和同样用作烧柴的树根。侄女小我三岁，扎着长长的辫子，拎着一截长长的树根追着我满院子跑，一边跑嘴里一边喊着"小羔，小羔"。其他人在院子里看着笑。母亲总说，大哥走的时候十七岁，还是个啥也不懂的毛孩子，就这样跟着我唯一的舅舅去了东北。

接下来是漫长的回望，只有一封封书信作为母亲思念的出口。我上三年级的时候，已经开始学会写信，以母亲的口吻，写给大哥，写给舅舅，信里全然看不到我的影子，但一定处处都有我。

二哥返乡，也是有一年接近年关的时候，在厨房盘了一铺炕，那时侄女微微刚刚出生。我记得二哥走关东之前的日子，在所谓的给他盖的那处院子里，他轧棉花、榨油，用碱面点棉油的味道难闻，溢满了整个院落。和他年龄相仿的几个男青年大多结了婚，一伙人晚上会打牌到很晚。白天去，会看到满地狼藉：倒在地上的酒瓶子，剥了一桌子的花生壳，还有一截吃剩的驴大肠放在报纸里。我在众多的花生壳里寻找遗落的一粒或半粒花生。我把那截香味悠远的驴大肠放进嘴里，不舍得一下子咽下去。我站在院落里看满满当当的轧花机、弹花机、柴油机和用来生产棉油的锅灶，再没有什么了。二哥追随大哥去东北的时候，只给家里留下一辆大金鹿自行车和一台缝纫机，这样正值青春年华的二姐和三姐就可以用缝纫机来制作衣服。二哥他们回来了，而且生了一个可爱的小姑娘，母亲自然是欢喜，忙前忙后，一直张罗到过年后的那个春天。二哥骑着自行车，前面是我，后面是二嫂，她抱着还在襁褓里的婴儿微微，又返回了这片极寒极北之地。

　　我在脑子里搜索，有关东北的记忆竟然荡然无存，只有模糊的想象：北大荒，一眼望不到边的黑土地；北大仓，在课本上学到的——改造之后的良田与石油；黑土地，流着油一样肥沃的土地，一定可以安放梦想与希望。倒骑驴的车夫倒是干脆，在我说出舅舅的名字时说出了大哥、二哥的名字，而我还纠结于地址的正确与否。三轮车逆着风，风雪也不见小一点，树上是雪，墙上是雪，屋顶上也是厚厚的积雪。脚下更不用说，那位热情的中年车夫踩着脚镫子，屁股离开了车座。我不忍心，说："下来吧，我走着，钱不少你。"他并不应声，口鼻里呼出的白气照旧随风而散。那座村庄离下车的地方并不远，二哥家租的房子，靠近一条大路；大哥家就在二哥家后面，多年不曾修缮的老屋低矮，上面苫着一层乌拉草。一匹老马在偏房里咀嚼稻草，一群鸡鸭在露天的圈里，安静地躲在窝里打盹、望天，一群羊也在里面挤着，干巴巴叫了几声便再也不动，看雪一片片落下，覆盖了整个院落。

　　鬼使神差，我也不知道究竟为了什么来到这里。过年之后，我和发小一起回到打工的大连，那时他已经从一家歌舞厅辞职到了另外一家酒店；我在水泥厂的活不想干了，虽然厂里承诺三年后可以转正，但想起来仍觉渺茫，谁知道中间有没有变数。发小找酒店老板商量，问我能否在后厨学厨艺，老板答应了，说可以从切墩开始。我穿着胶皮靴子在后厨走来走去，逢上忙的时候，大厨会抢着手中的马勺边骂边喊。那时也不知道从哪儿读了一篇小说，说一个小学徒跟着师傅学手艺受尽侮辱，不仅是失了尊严，连身体和精神也受到了极大伤害。我看着大厨一脸的横肉，手中锋利的菜刀落下，切下了小半个指甲。在遭受一顿臭骂后，便跟发小说我要辞职，去更靠北的地方。

在我幼年的意识里，所谓亲人就是可以无条件依靠之人，家由很多个体的分子组成，这些分子之间相互关联、影响，彼此间的每一句话都可以作为誓言。我开始厌倦没有前路的漂泊，开始更深地理解自己，我不是一个可以长时间离开家乡、离开亲人的人；但老家是不能回的，如果硬要说原因的话，就是不能囊中空空如也地返回，不能面对父母愁苦无奈的眼神。这是我唯一可去的地方，这种念头一霎时扎下根来，毫无动摇。

北方，北方，火车在北方大地上奔驰：普兰店、瓦房店、熊岳城、大石桥、海城、鞍山、辽阳、沈阳、铁岭、开原、昌图、四平，由南而北，贯穿整个东北三省。在这些熟悉或陌生的地名里，有我破碎的青春记忆，有些地方至今也难以忘记。有时会想，如果有一天我简装出行，再一次回到那些曾经留下青春记忆的地方，会是什么感觉？是慨叹，是怅然，还是遇见曾经相熟的人时某些情绪在瞬间复活？很难说，无根的浮萍路经之地没有风景，时光的不可逆在于往事

　　　　　　　　北方有所寄

只能存在于个人记忆之中。

我还是在下了倒骑驴之后，丧失了方向感。这种感觉很让人头疼，原本的方位已不存在，剩下的是一个被自己无意中改变的世界。日出与日落，房屋的朝向，道路的能指，全在脑子里颠了一个个儿。齐齐哈尔，在达斡尔族语系中原指"边疆"或"天然牧场"，从字面即可看出该地域的辽阔与荒寒；而梅里斯是"有冰的地方"之意，是齐齐哈尔下辖的一个市区。我在信封上很多次写下梅里斯达斡尔族区，却并不知其中含义。这个村落也叫梅里斯，若干个村小组分布在道路两旁。我舅算是我们家族第一个来到这个村子里的人，也是我母亲唯一的兄弟，几年前，他因为一场疾病将尸骨永远留在了这里。我见过舅舅一次，他有着和母亲相似的面容。那年他去我家，在听到我跟母亲要五毛钱买本子时，他掏出了五块钱。我有些受宠若惊，拿着这钱，就像手里拿着一块烫手的山芋。我只要五毛钱。而今那个给我五块钱的亲人已经被埋进了异乡的泥土里。

舅舅的骨血还在。即便后来我唯一的表哥也患病死去，我的几个表姐也还生活在这座村庄里。二表姐与我最熟，因为表姐夫的父母都在老家，每到年关时会回来，到我家做客；即使他们不回老家，表姐夫的兄弟也会代替他们来串门。表姐夫的兄弟，一个浪迹各处的修鞋匠，善饮善吹，略带几分江湖气息。他和其他亲戚在一个酒桌上遇到时原形毕露，将一顿酒喝得不欢而散，从此再没登过我家的门。二表姐家在二哥后来置办的一处院落后面，没有院墙，前院种植生活所需的菜蔬，后院种植玉米，养了一群大鹅，在夏天的某日被人挖开土墙全部偷走。四表姐家在大哥家的东面，她曾在我很小的时候牵着我的手去拜访她的干爹——我们村一个和舅舅同辈分的人，而此人现在面容几乎没有改变。三表姐家相当殷实，表姐夫外出包活，家里房屋也盖得体面。大表姐不知所终，或许是我的记忆出现了偏差，她似乎也住在离她们不远的村子里。

这是一个家族的血脉，先是舅舅一个人来到这个"有冰的地方"，瓜瓞绵绵，才有更多的亲人来到这里。虽然后来因为房产，几个表姐和大哥、二哥之间出现了嫌隙，但毕竟骨子里流着同样的血，并不显得太过生分。我在村子里穿梭，以一个陌生而熟悉的身份在他们中间游走，或许因此使这个家族更加牢固了几分，同时也弥补了我和他们因年龄差异造成的疏离。

关里关外，是我很早听到的一个词语。那时村里忽然多了很多操着东北口音的人，无论大人小孩，都是一口浓浓的大碴子味儿，但又不时从嘴里蹦出来熟悉的方言，证明这里有他们的根脉。二十世纪八十年代初期，分田分地，他们的到来让村庄热闹了许多，也多了几分揣测——他们是走是留？这对于村庄里的人们来说很是重要。如果留下来，本就紧张的土地又会被每个人分一杯羹出去；但留下来也顺理成章，毕竟他们都是村庄里的人，只不过是在过了多年之后重返故里。

我在记忆中重返当年。五娘是母亲提及最多的一个人，一座老屋，五娘矮矮的个头，头上盘着一个发量很少的发髻。五娘的到来只为女儿的终身大事，她两个女儿都相继嫁到离我们村不远的村庄。母亲说起五娘的好，就像说起血脉相亲的姐妹。说父亲当年脑梗，家里没钱，多亏发了一封电报向五娘家借了三百块钱，才拉回了一条命，那钱到底也没能还上。五娘和母亲坐在暖暖的灯光里，就像时代留下的剪影。她们说起往年，说起各自的家庭，我作为一个若有若无的时间记录者，用儿时的记忆将这一切刻进未知的光阴。

　　还有我的大姑，也在很早的时候和姑父一起去了东北。北安，红星林场，这些地名我在写信时可以毫无差池地写出来。我在想象那是一个什么样的地方，广阔的森林，密林中奔跑的野兽，空中盘旋的飞鸟……大姑一家人就住在树林旁的一片空地上，有木屋、木篱，房屋上方有袅袅升起的炊烟。人的想象多么好，可以把陌生之地想象成自己需要的影像，可以把远方的亲人瞬间拉回身边，感受久别的暖意。记忆中，我和父亲交替拉着板车在土路上行走，如此可以节省一个人的体力。姑父的老家只有两位年迈的老人，是姑父的父亲和母亲。那是很大的一座院落，青砖瓦房，说明他们家曾经辉煌过。我和父亲打着走亲戚的幌子，每年来他们家吃几次饭。只是后来两位老人相继死去，那座房屋包括宅基地被姑父卖掉。姑父善饮，一喝多，嗓音如锣鼓，母亲说那叫吹牛。姑父到底还是死在了酒上，酒精肝，腹水，最后脸色蜡黄，只剩一副空空的皮囊。

大姑还在，大姑是我亲人中最后的一位长辈。

闯关东，一个"闯"字让词语的含义丰富起来。之所以叫闯，是因为有闯的理由。柳条边，也叫条子边。纳兰性德写过一首叫《柳条边》的诗："是处垣篱防绝塞，角端西来画疆界。汉使今行虎落中，秦城合筑龙荒外。 龙荒虎落两依然，护得当时饮马泉。若使春风知别苦，不应吹到柳条边。"广义上的东北，原为边塞之地。柳条边其实就是一种形式上的疆界，将满汉从地域上进行分割，宽三尺，高三尺，在土堤上栽植柳条，以防他人擅自闯入。

但防又怎能防得住？如果说历史是一条浩浩荡荡的大河，那么写下闯关东这条大河历史的人就是千千万万的关里人。自乾隆年间，关内人口迅速膨胀，尤其是山东人日益增多。山东人多地少，加之土地兼并严重，人口压力增大，而关东地区又地旷人稀，于是山东人口流入关东，形成了清朝的第一次移民大潮。但这样的情况并没有持续多久，《黑龙江述略》载："开垦则直隶、山东两省为多。每值冰合之后，奉吉两省通衢，行人如织。"随着人口的增加，关里人与当地土著的矛盾也日益加深。为维护东北固有的风俗，康熙七年（1668），清廷下令"辽东招民授官，永著停止"，这与清廷组织移民时颁发的诏令"招至百者，文授知县，武授守备"形成极大反差。幸而守边人并不太执意阻止闯入者，睁一只眼闭一只眼，看着浩浩荡荡的移民队伍闯过柳条边，继续填充这片广大的冰雪之地。如此，延续到民国时期，由于铁路和公路交通日益发达，山东闯关东的人数一度达到

北方有所寄

1830万。"闯"过之后也不过是投亲靠友，打工学艺，靠一己的体力混口饭吃，不用详述。每个闯关东者的背后一定有着更为漫长的艰辛，或种地为生，或在夹缝中找到一项适合自己谋生的行当。

时间到了二十世纪五十年代中期，母亲常常念叨的1958年发大水之事让人心悸。大水一日一日漫上来，我们家处在村里地势最高的地方，也就成了最为安全的避水场所。连片的庄稼倒伏在水中，房屋倒塌，耕牛、家禽也都顺水而去。接着是连续几年的天灾人祸，人们陷入艰难的挣扎之中，以至于很大一部分青壮年劳力或只身一人，或拖家带口，再一次踏上闯关东之路，投奔远在东北的亲友，以求活命。而我唯一的舅舅，就是这支逃荒大军中的一员，再往上溯，我并不能找到舅舅投奔的源头。那些旷远的时代已经深埋于黑土之下，冰封于白山黑水之中。

我有一种尴尬之感，在没有收到任何邀约且没有任何打算之时，贸然闯入这片陌生的土地。雪隔三岔五地落下，风是雪的近亲，时常拍打着窗户。二哥家买来的院子极为破旧，甚至连一截低矮的土墙也没有。想象有时是骗人的，只是你自己选择性想象某些美好的事情。没有我惦念的窗明几净的房屋，没有在梦中出现过的草原与河流，甚至没有一种像样的生活。我从里屋的另一铺土炕上醒来，炕洞里的热气已消失殆尽，日常两顿饭食并不能填饱我的肚皮，只能到大哥家混一顿。大哥执拗，属于男人中的犟人，年轻时养成的酗酒习惯从未改变。他不吃大碴子，也不吃玉米做的饼子，要白面，要大米，和大嫂分锅而食。几个孩子穿得破旧，惯常的打骂与吵闹让他们的性格变得怯懦、忧郁。侄女再也不是当年那个拿着树根追着喊我"小羔"的小女孩，见人羞怯、害怕，甚至走路时也很少抬头。我极力复原自己当年的感受，企图从中找到一些温暖的印象。但没有，有的只是愁苦的面容和破旧的院落，有的只是在风雪中飘摇的驳船。

风雪停住之后，大哥家东面院落里的一位老妪时常会坐在门口，目光呆滞，茫然地望向老家所在的南方。夜里，是绝望的呼喊与哭泣，她要回家，要回那个几千里之外的只存在于记忆中的老家。她知道那里有待耕种的土地，有每天都能相遇的村人与亲邻，有一生所有的回忆和守望。但现在那位年迈的妇人已白发苍苍，风湿让她几乎失去了行走的能力，她只能拍着窗户对着夜空喊，对着冰天雪地无望地喊，喊出心中的绝望与忧伤。大哥说，她的老家在离我们村不远的郭村，家里有一儿一女，原本跟着女儿生活，后来女儿得病死了，她不得已从关里到了关外。我远远地站着，她坐在轮椅上的样子像一截枯木，在听说我是从关里来的时候，眼中忽然发出光芒——"带我走哇，我要回家。"分不清是在跟我说话，还是在喃喃自语。等我下次从一个工地回来时，听说老人已经死去，死在了春天，异乡的春天。

我不是来探亲，也不是来观光旅游的，我是在青春时期的某个时段突然闯入这里的人。但在某个层面上，我的身份并没有丝毫改变，并没有从那条自清朝时就已绵延的逃荒者或者闯入者的队伍中分割开来。尽管这时已经到了二十世纪九十年代中期，北方人开始加入南下的狂潮，逆向而行，在东北地区日渐衰落的黄昏中投向市场经济的主战场。

我什么都没有，一无手艺，二无所长，有的仅仅是一股子蛮力，或者还有日后才能慢慢萌生的梦想与渴望。所谓的建筑队就是临时组织起来的一帮人，有河北人、山东人、河南人，也有当地人。包工头是河北老马，当过兵，腿上长着硬朗的腱子肉。建筑队分为两班：一班在市区，在富拉尔基区等地附近；一班在乡下，活动在以梅里斯达斡尔族区为中心的各个乡镇之间，由老马的小舅子——一个姓鄂的达斡尔族人带领。

我把菜刀压在枕头下。所有人都睡了，建筑队的活不轻，几乎全靠人力，上砖、上梁、上瓦，十几天就能完成一座砖瓦房的修筑。这时已到初夏时节，我们休息的地方在一个叫卧牛吐的达斡尔族镇，时间久了，当地的达斡尔族人已和汉族人通过联姻等方式融为一体。他们衣着相似，口音相同，生活方式乃至习俗也在时间的流逝中达成一致。一户姓敖的人家上梁结工，剩下一些零散的小活儿。为了犒赏，也为庆祝，主家送来一条狗，煮了一锅狗肉汤，准备了烧酒和啤酒。房间外是一片偌大的园子，园子里的小葱长势旺盛。喝了肉汤，每个人都很快就醺醺然了。这时，鄂队长开始安排，说让二哥和另外一个人留下来，处理工地上的善后事宜。不知怎么就打了起来，动手的是一个叫大国子的年轻人，打我二哥。大国子的师傅老吴也在旁边，顺手把手中的汤碗向二哥甩去。我终于没能忍住，第一时间加入了混战。

异乡，是一个不知名的地方，一个外来者要融入其中从来没那么简单。所有的闯入者几乎都有一个相同的名字：盲流，没有目的的盲目流浪者。自从咸丰十年（1860）正式开禁放垦，东北地区再一次打开虚掩的大门，"东三省之开放设治，遂如怒箭在弦，有不得不发之势矣"。随着关东地区的逐渐开放，出关谋生的流民越来越多，山东、直隶流民更是"闻风踵至""终年联属于道矣"。此种情况一直延续到民国，延续到新中国成立后，东北终于成为一个移民社会。移民社会的典型特点就是有融入与接纳之间的矛盾，要让一滴水混入时间的河流。大哥不止一次提起当年的壮举，他手举一把铁锹，将当地的一个小混混拍在地上，方在第一时间为自己树立了尊严。二哥性格温和，早已适应东北乡村的生活，在很短的时间内成为泥瓦匠，找到了一个糊口的营生。

那天夜里，我始终在半梦半醒之间游移。我想，如果大哥、二哥当年没有出走会是什么样？在村庄里耕种，在父母身旁陪伴，也就不会有眼下所遭受的欺负与侮辱。老吴是大国子的师傅，迁来了很多年，放弃了老家的妻儿，在当地重又组织了一个家庭。老吴在咆哮，二哥和大国子扭抱厮打在一起，我几乎没有犹豫，瞅准了机会将大国子放倒。鄂队长和其他人拉开了我们，唯独老吴还在咻咻不已。我想，无论是作为防备还是在战火重起时报以颜色，都应该收好那把锋利的菜刀。此时的菜刀非为凶器，而是一种对抗与拼争的象征。

嫩江发源于大兴安岭北部伊勒呼里山中段南坡，自南瓮河（南北河）、二根河（也称根河）汇合点起，由北向南，流经呼玛县、嫩江县、讷河市、富裕县、齐齐哈尔市、泰来县、杜尔伯特，至吉林省松原市三岔河（原属扶余市，对岸为肇源县）汇入松花江，也就是嫩江下游，因水色黝黑成为白山黑水中的"黑水"。此地属嫩江平原的北部，一年一收，旱地与水田间作。关里与关外，来到这里的山东人几乎很难改变骨子里的勤俭。小时候，听大哥说起他们家有二三十亩田地时会觉得咋舌——怎么可以拥有这么多土地！但是真实的情况并不乐观，虽说一年一收，但缺乏灌溉设施，一亩田收不了多少粮食。加之谷贱伤农，很多人已经抛弃了耕地或者出租出去，外出打工。春天，我曾跟随大哥、二哥去荒芜的田野里打茬子，就是将去年收割后遗留在田里的玉米根节挖下来，作为烧柴，既用来做饭，也可让炕更暖。漫天遍野的雪已经融化，斑驳的雪水渗透进脚下的黑土地，远处几株在风中挺立的白杨树树皮已经泛青。这是一片怎样的土地啊，两百多年来吸引着大批大批的流民奔徙到此，为之哭泣，为之欢喜，为之付出一辈又一辈的努力，而今还在泥土上匍匐。

幸好有水作陪，幸好还有乌拉草。乌拉草的盛名是在初中课本上见识的，东北有三宝，人参、貂皮、乌拉草。前两者富贵，到现在我也难得一见，后者亲切，就苦在大哥家的屋顶上。我们来到嫩江之畔的时候，还看见有人将河滩上长有乌拉草的地皮切成坯块状，几乎每家人房屋的土墙都是用这种草坯垒砌而成。舅舅死后坍塌的房屋是，大哥家的房屋是，就连二哥新到手的那座破旧的房屋也是，仲夏之后新苫了一层草，以迎接雨季的到来。

卧牛吐就在嫩江左岸，相距也不过七八公里。村里最后一座房屋即将结工，鄂队长提议去江边野餐。无边无际的野草，一条大河在流经一片草地时形成很多支流，野生的芦苇茂盛，水鸟在其间栖息鸣叫。野火燃起，锅中沸腾的是嫩江之水，烹煮蛤蜊和鱼，一种野味的香飘溢出来，让人暂时忘记了家在何处。而这样的时间是短暂的，除了每天繁重的劳作，人们很难再有其他想法。当年的高中同学已经毕业，顺利升入了大学，在来信中提及家里的窘境，看我是否能帮衬一下。我没有任何迟疑，将汇款地址清清楚楚写好，给他寄了过去。

我似乎一下深陷昨日与今天的时空，在跳跃的叙述中很难分清当年和现在的自己。这之间有着一条若有若无的线索，看起来早已失去彼岸的消息，却又时时牵惹着神经。翻开影集，一张照片跃入眼帘：倒梳的发型，一件青白色夹克衫，嘴唇上的胡子已经初露端倪，显示出一个蓬勃青年的形象。旁边是两个侄子，大侄子大运，十二三岁光景；小侄子小利个子很矮，有着多数少年的羞怯模样。侄女大红已经上了初中，长长的头发，脸上有少女独有的羞涩。那是我临走时留下的一张照片，我们去梅里斯镇街的照相馆拍的。尽管从那之后，我们再没有相见，但我知道一条血脉的河流从来不曾断过。

血脉，家族谱系延续的另一种方式，隐秘而深邃，流淌在时间的背面。有些东西是会遗传的，比如长相，比如走路时的动作，比如——某些隐疾就像被遗忘在某个角落，在你猝不及防的时刻突然发作。江南第二附属医院，这是二○一九年的冬天，刺眼的灯光打在医院的白色墙壁上，大哥蹲在病房的一角，面前一包榨菜，馒头是侄女大红刚从医院食堂买来的。他的脸上沟沟壑壑，与母亲去世那年判若两人；他的行动有些迟缓，就连吞咽也显得机械而麻木。多少年了，他始终保留着吃馒头的习惯，他说大碴子拉嗓子，不如馒头好嚼好咽。十七岁离开老家，吃过狗肉猫肉，吃过一切能搜罗到的可以吞咽的食物。最早生活还算殷实，在梅里斯一家浸油厂上班，所谓上班，也就是扛大包，将沉重的装有大豆、油葵的麻包扛到榨油机前。每次下班回家时，可以从军大衣里抖搂出来瓜子、黄豆。他的那匹马还在，二十几年了竟然没舍得卖掉，帮人运送蔬菜和粮食，有时一天也能赚到一两百元。只是现在大哥的脸上显现出困顿的神情，大概一周了，儿子大运脑出血躺在床上，上肢下肢都不能动弹。从家里带来的钱已经花光，在西安工作的二儿子小利带来一些钱，第二次手术的费用仍有很大的缺口。

心脑血管疾病具有遗传性几乎已成定论，祖辈的基因不会在短时间里有所改变。父亲偏瘫的时候也是中年，三哥在几年前开始嗜睡，经检查亦有这方面的隐疾，而现在已经延及孙辈。大运，我该怎样界定这个我们家的孩子：年逾四十，常年在外打工，至今尚无婚姻。没有生病时，跟着当地的一个女包工头来到无锡，在工地上做架子工。卡上的三万多块钱已经全取出来交给医院，女包工头来了一次再没露面。小利和大红去工地找了几次，不是被敷衍就是被赶走，没有劳务合同成了一个致命的痛点。我也曾试图联系当地的法律援助中心，最后仍然无果。

大哥终于在坚持不下去的一刻给三哥打了电话，三哥来找我商量，坐在理发店的长椅上无言抽烟。在乡间，最怕的就是病，就是突如其来的事故或灾难。钱当然是有一些，准备给儿子买房的、给孙子上学的，但完全不能满足看病的需要，最后商定一人先拿出一些帮大哥渡过眼前的难关。我几乎透支了这些年因写作而建立的交情，在电话中指点大红如何发布一个筹款的帖子。帖子发出，几乎全国各地的亲朋好友都伸出了援手，其中很多是我尊敬的老师，他们曾用书写给我指引方向，而今又用实际行动感动着我。我想，每一个真正的书写者身体里一定住着一个干净善良的灵魂，在文字中捕捉善念，在行动中彰显真诚。

三哥去东北的时间要稍微早一些，视频中几乎所有的亲人都在场：大哥、二哥，大嫂、二嫂，还有几个表姐和表姐夫。这边是从未改变的乡音，那边是一口纯正的东北味儿，饭菜在餐桌上冒着蒸腾的热气。过了多年，很多嫌隙都已消弭，一个家族分岔为两条支流，而后又隔岸相望。三哥去了北安红星林场的大姑家，大姑有些耳背，还能认出自己的侄子；三哥去了在拜泉的堂兄家，堂兄、堂嫂都已六十几岁，家境尚好；三哥去了当年父亲生病时汇来救命钱的五娘家，

北方有所奇

虽然两位老人都已离去，但后人之间仍情意暖暖……这是一次遥远的探望，从关里纵深的平原腹地到极寒之地的松嫩平原北部，三哥或许已不能详细记住自己的行程，却会在想起某个细节时说个不停。

我在下半年被安排到市区建筑工地，那里新建立的楼群耸立，但没有一户会成为我们家族未来的居所。有时我想，是不是时间久了，他们已经忘记了传承家族的勤劳基因，一日日消耗着时间和体力，在漫长的漂流中失去了生命的锐度？我找不到答案，当时间进入二十一世纪，他们仍然一无所有，仍然为贫病所桎梏。

北方工业的落败几乎很早已成定局，大批大批像当年一样有着"流民"身份的人开始向南方汇集。仅仅经过两百多年的时间，就发生了天翻地覆的变化。日本人小越平隆的《满洲旅行记》载："由奉天入兴京，道上见一山东车，妇女拥坐其上，其小儿啼号，侧卧辗转，弟挽于前，兄推于后，老妪倚杖，少女相扶，踉踉跄跄，不可名状。有骂丈夫之少妇，有呼子女之老妪，逐对连群，惨声撼野。有行于通化者，有行于怀仁者，有行于海龙城者，有行于朝阳镇者，肩背相望焉。"而现在，仅海南三亚一个城市就有上百万因就业、经商、就读、度假等流入的东北人。

人类如候鸟般迁徙或集散，一定有着深层的历史原因。骨子里求生的欲望或本能，驱使一个家族不得不从此地迁往彼地。我能想象当年舅舅和家族中其他亲人的心情，他们在漫漫风雪中一步步走向那个陌生的所在——"有冰的地方"，而后扎下根来，在权衡中或留下，或在某个时日返回故乡。关于这些，二哥一次也不曾提起。再过几年回到老家，二哥当年的院落还在，但母亲走了之后就空了下来，长满了野草和三嫂种植的葡萄、枣树和青菜。

我也要回去的，一年的时间很快就过去。时空转换中，我仿佛看见当年的自己站在一座尚未完工的建筑顶层，望着城市里的万家灯火。嫩江左岸的草已经开始枯萎，江水在日夜流淌中越来越寒凉。一九九四年的第一场雪落下来，像来时一样，落在了茫茫的原野，落在了孤寂的村庄，落在我旧时的记忆。白茫茫的大地，白茫茫的归途，似有所寄。

人间脂膏

一、油与盐的启蒙

油与盐是典型的乡村伴侣。日子好歹不说，如果哪一天真的离了这两样，会让人抓心挠肝。灶膛里的柴火已经燃起，森森的一口大铁锅被瞬间烧红了锅底，隔着低矮的土墙喊："红她娘，借俺家一勺子油来。"对面应承，慌张张从油渍渍的陶土罐里盛来一勺油。花椒大料入锅，生姜葱花入锅，青青白白的白菜帮子、老豆腐倾倒进嘈杂不已的铁锅里，这日子才有了那么一点活色生香的盼头。

旧年的光景像一张泛黄的胶片，母亲坐在堂屋门口纳鞋底，针脚深深浅浅。油是植物油，从秋收之后的黄豆里，从脱了棉绒的棉籽里，从人间五月的油菜籽里，一闪身注进我家的陶罐。水样清澈的油，此时将凝集而来的日精月华隐藏于朴拙的土陶。年景好些，土陶里的油也清澈；光景差些，土陶曾经光滑的釉面也暗淡无光。母亲不由得叹了一口气，将陶罐在铁锅上晃了晃，滴下来可怜的几滴。好好歹歹，也算是将一家人的日子敷衍了过来。

"脂膏"二字大略起源于汉代以前，至于详细年代，尚无证可考。《说文解字》云"脂"字："戴角者脂，无角者膏。"意思是，有角如牛羊之类，其油为脂；无角者如猪狗之类，其油为膏。这近乎原始的命名方式，从另一个角度为我们区别脂膏做了很好的铺垫。

上学时，我常常一骨碌从床上爬起，母亲嘟囔一声又沉沉睡去。天蒙蒙亮，庄稼人农闲时节也不必一大早就从被窝里出来。背上花书包，棉袄的结扣还未系好，我就站在一只摇晃的杌子上，窸窸窣窣，摸出一个冷硬的馒头。咸菜结了冰，掰开馒头，从盐罐子里摸出几粒盐，从油罐子里舀出几滴油，然后放在贴近胸膛的地方。

直到现在，我也忘不了那样一幕。路两旁的野草枯萎，覆盖一层白白的霜雪，像寂寞的守夜人，看村庄从长夜漫漫向日光清白过渡。我们也是清白的一群，生在巴掌大的村庄，死在巴掌大的野地，时间昼夜往复，劳作中春秋更迭。所谓的乡土情结是不是就像一粒沉默的种子，一旦选择脚下的土地，就只能在这片沉寂的土地上生生死死？

我在为我所生活的这片土地寻找一个合适的注脚，漫长的书写一旦开始就停不下来。对村庄的每一粒土，村庄的每一滴水，村庄的每一个人，乃至村庄的每一粒尘埃，我都试图以笔为犁，逆向深耕。我要找到一片瓦所蕴藏的民间符号，在上面发现制陶人的行踪。我要找到一面墙的历史断面，在上面找到某一个匠人的血汗。我要找到每一种草木的

北方有所寄

基因，通过一次漫长的溯源探析一条大河的流向。我会留意一小片母亲留下的老粗布，在细密的纹理中看母亲们如何在老河滩上经经纬纬，以期发现被时间遗忘的断简残篇。

这将是一次漫长的行旅。当走到离学校还有百米的地方时，我从腋窝里摸出那只冷硬的馒头，连带一个乡村少年不易被觉察的体温。

那时的饭蔬太过清简，以至于我在想要叙述时不知从哪里开始。槐树的叶子涩，榆树的叶子黏，柳树的叶子苦，白杨树上的杨狗子有一种难以表述的古怪味道。当我端起碗来，一家人都似有隐情地把目光齐刷刷投向我。清白的槐花在碗中漂浮，细小的油粒夹杂其间。味道当然是香的，现在想来，童年的味道并不完全是苦涩的，哪怕是牙齿合上的瞬间，颇有韧度的棉籽壳嚼了几嚼也未嚼碎，吐不敢吐，咽不想咽。到底是母亲说，不好吃就吐了吧，这才将一口棉籽壳吐了出来。

这是我对棉籽壳的记忆。我知道把棉籽焖熟，碾碎，可以代替芳香的油脂。这是母亲的发明，这是她从艰辛的岁月中发现的亮点。沟渠里的茅草根和坚硬的榆树皮搭配；粗粝的高粱面和少有的麦子面搭配；春天里的麦苗用纱布包紧，挤出的绿色汁液与面疙瘩搭配……这些都能填饱我们年少的光阴。

只是，我常常会在母亲做好饭之后以绝食的方式提出抗议，一出溜跑到村前的河堤上，躺在树荫下看云。看着看着，天上的云变成了流水席上的红烧肉，婆娑的树影幻化成一个个大白馒头……风嘶嘶地吹着，肚子里的馋虫曲里拐弯往外爬，睁开眼才知道不过是黄粱一梦。嘴角的涎水淌了一地，引来一群黑蚂蚁，它们指指点点，仿佛在嘲笑肚子里空空如也的我。

临到学校门口，冷硬的馒头已然下肚，此时太阳正从屋角升起，像一张油汪汪的大饼。盐，是生命之本。油脂，提供了必要的热能。而我，只需要坐在低矮的教室里，便能得到生命最初的启蒙。

二、游离在故乡与异乡之间

天光暗了下来，村庄寂静，忽明忽暗的灯盏是村庄古老的眼神。母亲依然坐在摇曳的灯光下纳鞋底，针线刺啦一声，像一首叙事诗粗粝的线索。那线索延伸成一段难以忘却的记忆，勾连过去，通达未来。我呢，说是读书，不如说是借读书之名，像那段燃烧的棉质灯芯一般，过渡完一截乡村之梦。这是村庄夜晚的常态，醒来时鼻孔里的黑就是很好的证明。

有关油脂的来源，《黄帝内经》载："王母授帝以九华灯檠，注膏油于卮，以燃灯。"这是一种说法，说油是西王母授予黄帝的礼物，用来驱逐黑暗与恐惧，开拓疆土。另一种说法是："黄帝得河图书，昼夜观之，乃令力牧采木实制造为油，以绵为心，夜则燃之读书，油自此始。"说的跟我们家是一种境况，佶屈聱牙的河图洛书让黄帝煞费脑筋，于是让牧民采摘植物的果实造油，像母亲那样捻一截长长的棉线作为灯芯，以考据神秘的八卦阴阳。我实在没有那样的兴趣，在钻研完人的影子为什么会映射在墙上之后酣然入梦，只留下母亲的人影在土墙上孤寂地晃动。

村后是为二哥所建的一所宅院，正房四间，土屋，一围低矮的土墙，院内栽植几株高大的梧桐树，说是留着给二哥娶媳妇，可到底也没能引来金凤凰；以至于几年之后二哥远走他乡，去了鹤城。但院落没有闲置，二哥和另外一个合伙人买来一套轧花设备，轧花、弹花、榨油一条龙，热火朝天了许多时日。所以也让我得见滴滴金黄的棉油从何而来。

没电，小型柴油机像一头突突的小兽，冒着浓浓的黑烟。洁白的棉花，从大地上聚集而来的棉花，吞进去，吐出来，仍旧洁白得像天空中的云朵。棉籽从另一侧滚落而出，节气凝集的、天生地养的植物芳香尚蕴藏在神秘的包裹之中。二哥需要做的工作很多，榨油的工序一般在下午进行。熊熊的火光燃起，把棉籽倾倒在一口朝天的大黑锅中，翻炒，察看成色。老了不成，压榨的棉油苦涩，且出油较少；太生了不行，不能蒸去多余的水分。二哥吐出一粒嚼碎的棉籽说："出锅。"

我不能详尽描述一件事情，就像一个人穷极一生也未必能说出什么才是幸福的人生。压榨好的棉油盛放在铁桶里，此时只能叫作毛油，里面含有很多杂质。要很快冷却下来，静置一段时间再加以过滤，以免色泽加深，增加炼油的损耗。这与我的写作有相似之处，一旦确定某一个命题，就会联想到很多相关的事物，思想如一匹不羁的野马，扬起漫天沙尘。需要静坐，需要像一株深沉的植物在暗夜沉淀，需要厘清芜杂、纠缠的思绪，澄清，以平常心冷却至零度，才能进入平稳前行的轨道。

明代宋应星在《天工开物》中说："天道平分昼夜，而人工继晷以襄事，岂好劳而恶逸哉？使织女燃薪，书生映雪，所济成何事也？"是说按自然规律一天平分为白昼与黑夜，而人们却夜以继日地劳作，是否可以理解为爱好劳动而厌恶安逸？如果让织女借燃烧柴薪的光亮织布，让书生在雪光映照下读书，又能做成什么事情？其中暗含在夜间工作靠燃薪、映雪是无济于事的，只有点油灯才是最好的照明办法之意。

依我的理解，当时二哥不会没有心事。父亲偏瘫，母亲要照管一家人的温饱起居，经济方面的压力就落在了二哥的肩上。眼看着同龄人娶妻生子，眼看着母亲眼巴巴迎来送走踏破门槛的媒人，婚姻大事依旧无果，他不得不转移精力。压榨好的毛油在炼油锅中沸腾，加入碱块，脱皂，洗涤，脱水，最后得到澄清的棉清油。这是一个烦琐的过程，也是一个熬炼人生的好办法。忙碌与枯燥，静坐与辗转，让二哥不得不做出离家出关的决定。

我还记得第一次踏上北国土地时，鲁地已经春风和煦，鹤城的天空却依旧大雪纷飞。在家乡小小的村庄，我曾经多次在母亲的授意下给亲人们写信，一开始写给大舅，后来是

北方有所奇

大哥，再后来写给二哥的居多。有一次，我矫情地把"敷衍"两个字加注拼音，以免读书不多的二哥感到陌生，这后来却成了二人一个小小的心结。不知二哥读到时是一种什么样的感觉，是为我的幼稚莞尔，还是读罢一声长长的叹息？

"炼"字的释义为：用火烧制，或者用加热等方法使物质纯净、坚韧、浓缩。引申开来，一个人一旦落地也便走进了人生的炼狱。但丁在《神曲》中描述："啊！这森林是多么荒野，多么险恶，多么举步维艰！道出这景象又是多么困难！"依旧是低矮的土房，即使远赴他乡，二哥也没能摆脱命运的桎梏。看起来是好了些，妻子、女儿让这个漂泊故乡千里之外的逃离者暂时有了栖身之地；而贫窘也是显而易见的，二哥仰仗着半路出家学到的瓦匠手艺支撑起一家人的用度。头发白了，腰弯了，劣质的烧酒入喉后开始讲述我所不知道的种种：离家时的困惑与不舍，提亲时女方家的羞辱，在异乡落户时遭受的歧视与冷漠。几欲落泪而又咽下，我能体会到二哥所受的煎熬，却无法探知他内心的荒凉。

多年之后，那些破旧的轧花、榨油器具在院子里老去。明亮的月光下，只剩下记忆中的清油，泛着冷冷的微光。在故乡与异乡之间，二哥属于游离的一分子，漂泊而清澈的一滴。

三、老根油坊

老根油坊坐落在老河滩上，老河滩上长了很多红柳。穿过密密麻麻的红柳丛，就能看见一个破旧的院落。院落里很静，偶尔传来几声犬吠，紧接着是一阵咚咚的木头撞击声，不用说，是老根叔在光着膀子榨油。方圆十几里，也就那么一家老油坊。十几座大大小小村庄的人，吃的都是老根叔榨的油，生意说不上好，也说不上坏。老河滩里的水悠悠流淌，村庄里的日子也就那么一天接着一天。

是油养活了村庄，是油润滑了节气，是油让炊烟的行色不至于太过困窘。

我们村里的油料，大多源于自耕自种。撒上那么一片种子，既能吃到三月青嫩的菜薹，也能收获或多或少的菜籽。棉花自不必说，南岗子上一度播种过很多棉花，一部分交售爱国棉，剩下一小部分用来做棉被、衣物，脱下来的棉籽用来榨油。再就是大豆，出油率较少，但能制作喂养猪牛的豆饼，算是一物两用。母亲还会在缺苗的棉田里点上芝麻，秋天收割捆扎成束，码放在窗台上，过了几天敲敲打打，收获一小布袋芝麻。等香油李的梆子声穿透缭绕的晨雾，换一小瓶香气扑鼻的小磨香油。

植物油的普遍食用大概从宋代开始，庄季裕的《鸡肋编》中有详细的记载。油通四方，可以食用也可以点灯，其中胡麻为上，有"其性有八拗"之说。雨大之年薄收，越是大旱收成越好，开花向上，结子向下，炒焦方可出油，润滑车轴则滑，穿针走线则涩。又有杏仁油、红蓝花子油、蔓荆子油、苍耳子油、桐油、乌桕子油。文中所列举的植物油有十余种之多，可供食用的有五六种。可见当时制油也成了一

北方有所寄

种产业，说不定张择端《清明上河图》的某个角落，也坐落着一座老根叔家那样的老油坊。

油坊开榨的那一天，老根叔照例要请十里八村的乡亲喝酒。鞭炮炸响，红木幔子拉开，一架浸满油色的老木榨停在面前。

炒，筛选干净的油料在铁锅中翻炒，能听见毕毕剥剥的爆裂声，仿佛每一粒种子里面都藏着一个奇妙的精灵。碾压，借助老河滩里的水流，水车缓慢转动，吱吱呀呀，带动油磨上的石碾，像时间般按照既定的方向行走，碾出草木的香，碾出大地的疼，碾出村庄的欢笑与泪水。蒲草，老河滩上常见的植物，老根叔会在农闲时节收割，捆扎，放在干燥的仓房里。等榨油季节到来，用来包扎蒸好的油料。

看似简单的动作往往隐藏着诀窍，后来我二哥无师自通开始榨油时遇到一个不小的问题：别人家两斤多点棉籽能出一斤油，为什么轮到自己往往需要三四斤还要多？退休歇业的老根叔躺在摇椅上，眯着眼说："那是你没能掌握好气。物生于阳，油生于气，出甑的时候，若包裹缓慢，水火集结的气就容易逸走，这样便会造成损失。操作熟练的话，快倒、快裹、快箍，得油的诀窍便在这里。只要是做榨工，没有不知道这个道理的。"老根叔把一个看似普通的手艺做到了极致。

我作文，也是无师自通，原本在镇街上的小店里忙忙碌碌，偏在理发的间隙写起了文章，从一开始的豆腐块文章到现在一写就要有万余字，好像写少了不足以勾勒事物的轮廓，不能探知事物深层的纹理。《诗品》言："气之动物，物之感人，故摇荡性情，形诸舞咏。"是说文字也有生命，气决定了物的变迁，而物又引发了人的感慨，因此人们受到了感召，拿起笔来抒发情感、歌咏事物。

此时的老根叔脚穿草鞋，踏在热气蒸腾的油料上，用蒲草均匀包裹油料，使其形成饼状，以铁环箍好。至此，就完成了榨油之前的所有工序。那时的老根叔膀阔腰圆，赭红色的肌肤上有汗珠滴滴滚落。榨工，皆是村前村后年轻力壮的后生。他们勒紧腰间的红裤带，抡锤的抡锤，把楔的把楔，各司其职。

要使用木榨之法，必须先把两根掏空的树干，用几个大木梢固定在一起。据说是老根叔跑了几百里路从南乡运回木头，中间累死了一头骡子，让老根婶数落了很久。这是一场力量的博弈，榨工的肌肉在抖动，上千年的老式木榨在抖动。树是百年桑树，一百年的乡村纹理在抖动。汩汩而出的油，就是草木的精魂，一滴滴，一脉脉，浸透远年的光阴。老根叔脖子上的青筋毕露，榨油号子仿若有力的箭镞从老油坊里射出：

箭板插正了哪——嘿呦！

杠子压起来哪——嘿呦！

脚跟稳起桩哪——嘿呦！

飞槌撞得准哪——嘿呦！

打打啰停停哪——嘿呦呦嘿！

北方有所寄

越来越久远的书写，很容易让我陷入感动的漩涡。机械化时代的来临，似乎一夜间抹去了流传千年的手工传统。所谓的耕种，不过是站在地头看车轮滚滚，省略了脚与大地的肌肤相亲、手与谷物的抚摸之暖。所谓的安居，不过是在无数次衡量之后，以几十年的房贷取代简洁的黑甜之梦。所谓的便捷，不过是忽而天南、忽而海北，却找不到一条归乡的路。

一日，我从老河滩上走过。一条淙淙流淌的大河只剩下窄窄瘦瘦的腰身，老根叔的油坊早已不见。那架用于碾磨的水车消失了，一同消失的还有吱吱呀呀的水的私语。那架浸透油光的木榨消失了，一同消失的还有震天动地的榨油号子。只有那盘巨大的油磨还在，光滑的槽道为泥土覆盖。

也许，有些事物再也不会醒来，空旷的老河滩刮过一场又一场荒芜的风。

四、嬗变，或诡异的夜行者

母亲躺在病床上，输液管里的不明液体在匀速滴落，偶尔，会产生几个小小的气泡，倏忽不见。不清楚多少天了，我也懒得去计算，只要母亲的眉头稍一舒展，我就会觉得还有希望，就会陪着母亲说些无关疾病的长长短短。

十几年前，也是在同一家医院，那时母亲六十几岁，身体看起来硬硬朗朗，忽然就诊断出了癌症——食管癌。接下来是漫长的治疗，母亲说起自己一个人去化疗的情景时竟往往眉飞色舞，说遇见了娘家村里的某个人和自己一样的病症，只坚持了三五次身体就垮了，就走了；说在县城看见沿街乞讨的断腿人，到了中午站起来进了一家小饭馆，人怎么能这样呢，好好的身子低三下四，就不知道去找一个体面的营生。可能由于母亲的乐观，也可能是医院的误诊，接下来的十几年母亲竟然安然无恙。

患了癌症，表明血肉的身体亮起了红灯，不只罹患病症的那个人，亲人们也会因此陷入精神以及经济的低谷。治疗，是一个巨大的无底洞，谁会眼睁睁看着相濡以沫的亲人在病榻上疼痛哀号？放弃，面对的是道德以及人伦的压力，即使卖地卖房也会想尽办法减轻患者的疼痛，使生命得以艰难地延长。

"22号床"是母亲对另外一个妇人的称呼，也是医院里人们统一口径的称谓。在这里，每个人都被暂时以数字代替，好像成了一个普通的物件。医师与护士穿梭往来，不时用手中的笔记下患者这一天的症状与表现。

22号床面色苍白，从和母亲的交谈中，我得知她患的是乳腺癌。去了省城，说已经没有治疗的意义，回来两个多月，几乎一天也没离开医院。瘦，已经不能用来形容她，颧骨、肩膀、小腿、手，但凡能看见的地方都只裹着一层松懈的皮肉。疼，这位四十多岁的妇人好像习惯了剧烈的疼痛，每当双拳紧握、身体伛偻成子宫里的胎儿模样时，紧咬的牙齿间就吐出简单的几个字："玉儿。疼。医生。"医生到来，会先斟酌吗啡用量的大小，然后一边面无表情地注射，一边

北方有所寄

对叫玉儿的女孩说："告诉你爸，欠费该交钱了。"玉儿红着脸，匆匆"嗯"了一声，算是作答。

癌症村出现在改革开放以后。经济的快速发展带来高效便捷的同时，也毫无疑问地造成了环境污染。化工废水、汽车尾气、有害烟尘，导致空气、土壤以及水源大范围污染，从而造成人体各系统严重受损。母亲在痊愈后的十几年中，即便再小心，也不能逃离被污染所包围的窘境。村前的那条小河，很多次漂来在上游污水中窒息的青蛙和鱼虾，往日的蓝天云朵已不再。伴随着外出务工人员的出走，传承千年的油榨作坊消失，我们不得不从镇街上的粮油店购买来历不明的食用油。

地沟油横空出世。你很难把那些看似清澈的油脂与肮脏的地沟联想在一起，那些分子曾经在暗无天日的地下流淌，阴暗处的蟑螂、老鼠连同一些不明生物找到了属于自己的天堂。打捞，经过简单的加工，提炼成让人作呕的泔水油。

22 号床的丈夫来了，脸上带着疲惫的笑意，在妻子的病床上坐下。母亲执意让我把床头柜上的一瓶奶递给玉儿，说这孩子一夜没睡，眼圈都黑了。玉儿转达了医生的话，男人用一双沾满油污的手，从口袋中掏出一卷同样沾满油污的纸币交给玉儿，说："去交押金吧，大概能够一天半的，回去再想办法。"病情有些好转的母亲，一旦打开话匣子就收不住，问玉儿多大了，问家里还有什么人，问男人在外面做什么工作。医院可不讲情面，有钱进来，没钱一分钟也不让多留。我看出男人的窘态，示意母亲说医生让多休息，即便好转也不能大意。

两个月里，我大部分时间都和母亲待在一起。散文集《住进一粒粮食》是通过手机和编辑沟通的，修改，定稿。带来的《文学回忆录》也全部读完。倒不是因为轻松，只是除了打饭、交款、陪母亲上洗手间，剩余的时间焦躁而无聊。找了在医院工作的同学，找了医院最好的医生，都说母亲八十一岁了只能保守治疗。有了十几年前的经验，我以为只要母亲的症状缓解，就会再次渡过难关。

夜晚，下着雨。春末到秋初，我竟然陪着母亲在医院待了那么长时间。生的人进来，死的人出去，更多的则是大病痊愈之后的精神焕发与满脸笑意。一些人来不及脱下身上的病服，一身蓝白条格便与亲人们走进医院附近的饭店，庆祝新生。

一家饭店旁边，紧邻的一间药店正在用投影仪播放电影，港台片。大雨如注中，背叛者将曾经一同出生入死的兄弟撂倒在挖好的陷阱，然后与死者的老婆勾肩搭背。

是那个男人。一辆三轮摩托车贴着我疾驰而来，路面上的积水溅了我一身。我望着他从车上下来，没有雨披，身上滴滴答答，他抱歉地说了声对不起。"是你？怎么这么晚了还出来？"我说。男人没说话，转身从三轮车上取下一只巨大的水桶，这时候我才闻到刺鼻的气味。火锅味，烧烤味，沉淀了几日的泔水味道，在夜雨中弥漫。

22 号床的妇人先母亲出院，与其说出院，不如说是回

北方有所奇

家等待死神降临。玉儿那天不知为什么没来，收泔水的男人面无表情地将妻子从病床上抱起。门外，护士引领着另外一位癌症病人进来。

我母亲挨到了秋天，在谷物充盈的日子重返泥土的怀抱。嬗变，或者还有许多诡异的身影在夜色中穿梭。生或者死，又怎能一语道破这个非常态的人世间。

打铁，打铁

一、火光映红了天空

如果说粮食是村庄的命脉，那么铁在一段时间里就是村庄坚固的龙骨。宋应星在《天工开物》里说："金木受攻而物象曲成。世无利器，即般、倕安所施其巧哉？"也就是说，金属、木材经过加工成为各种器物，世界上如果没有得力的工具，即使鲁班、倕那样的巧匠，也不能施展技巧。

老梗叔的驴车赶着夕阳回家，黑驴打着响鼻，大概表示兴奋之意。在分工上，老梗叔是乡间的铁器经纪人，走乡串户贩卖常用的器物；而马老爹则是这些器物的制造者，决定器物的形状、大小。马老爹的打铁手艺是家传的，当年一家人从南乡拱着木牛车来到我们村，就算扎下根来。

铁匠铺建在十字路口，就像一个人，逐风逐水始终要找到一个落脚的地方。从外面看，孤单的铁匠铺像一只栖落的大鸟，蓝瓦，土墙，一围低矮的院墙，长长的铁链拴着一条流浪狗。马老爹心善，流浪狗被喂了几次就把铁匠铺当成了家，吃饱了自己找犄角旮旯休息。

屋，两间用于居住，一间面向官路，敞口，算是正规的铁匠铺。有炉床，用砖块和粗糙的黏土堆砌而成，一只高高的烟囱直通房顶。一堆煤散乱在墙角，是唯一用来喂养火焰的燃料。煤堆的旁边是一只巨大的风箱，安静时像一条大鱼的腮。偶有老鼠钻进去，一旦开始催火打铁就被一股强大的气流推进火炉里，吱吱两声便化成了一缕青烟。马三在旁边笑说："今天别走了，我请你吃老鼠肉。"

门里出身，自会三分。马三上到小学五年级，马老爹看实在没啥培养价值，把他从老师办公室揪回家，说："别在那儿杵着，拉风箱。"马三拉风箱，仿佛整个身子都在用力，前倾，后仰，拉出一股股强劲的风。风助火势，火烧铁红，马老爹迅速把一枚烧红的铁放在砧子上用力敲打。

我喜欢铁匠铺里传来的打铁声，在沉寂的村庄上空传得很远，颤抖着空气，颤抖着树叶，颤抖着斑驳的土墙，能听见墙皮簌簌落下的声响。叮——当，叮——当！大锤落下的声音闷，小锤落下的声音脆，这时一般在锻打沉重的铁器。不用想，一边是马老爹，用小锤找眼、示意，一边是刚脱了公鸡嗓的马三，抡起十几斤重的油锤，砸在马老爹示意的地方。大锤小锤交错往来，不留给时间半点空隙。叮当，叮当……一阵急促的敲击声传来，一般是在敲打诸如铲子、镰刀等小型器物。用不上马三，马老爹集中精神把力气灌注在薄薄的铁刃上，不出半个时辰，就能将一把镰刀打磨成吹毛即断的利刃。

有关铁的来源，《天工开物》中有较为详细的记载，锻造铁器是以炒过的熟铁为原料。先用铸铁做成砧，作为承受捶打的底座。刚出炉的叫"毛铁"，锻打时损耗十分之三，变成铁花、渣滓。用过的废品还未锈烂的，叫"劳铁"，意即像人一样经历过艰苦的劳作，老了、锈了，只能回炉重来。人不成，老了便回天乏术，只能一捧土埋了，来年坟头上野草青青。

我家的那口铡刀就是，父亲把打理好的一堆废旧铁器——锅铲子、马勺、烂锅和路上捡来的铁钉、马掌、驴掌，归拢归拢，一股脑放在马老爹的铁匠铺。马老爹就笑，说："宋老三，还差三钱，要不把你的铁烟袋锅也算上吧，就能打一口铡刀。"

说归说笑归笑，马老爹的手艺从来不含糊。接下来的三天两夜，彤彤的炉火亮着，叮当的敲击声绵延不绝。已经长了毛茸茸胡须的马三甩开膀子，把油锤抡圆，每一下都刚好砸在马老爹敲击的地方，火花四溅，像是点亮了满天星辰。如此繁复的工艺，如此零散的材料，也只有乡村铁匠才能巧妙融合。马老爹嘱咐父亲抠些墙皮上的土和泥。过了很多年，我才从一位将要作古的老人那里了解了墙皮土的用途。为了把锻打的铁逐节黏合起来，需要在接口处涂上黄泥。墙皮土为上，再放入火中烧红捶打，将泥滓打去。在这里黄泥作为黏合的媒介必不可少，宋应星称之为"神气"。如此，锤合之后的铁器，除非烧红锻打，否则永远不会断裂。

北方有所寄

我家的那口铡刀用了很多年。每当夜晚来临的时候，父亲喂草，二姐把铡刀落下，清脆的断裂声传进耳廓，有质朴的草木之暖。牛在等待，牛屋里灯光摇曳，一头牛与一口铡刀相遇没有表现出恐惧与错愕。那是村庄里的最后一头牛吧，或许那也是村庄里的最后一口铡刀，从马老爹将其捧到父亲面前的那一刻起，时间被抽刀断水。

《打铁歌》也是马老爹带来的，教给马三，马三又教给我们。"张打铁，李打铁，打把剪刀送姐姐。姐姐留我歇，我不歇，我要回去学打铁。"马三敲击铁片，我们唱。据说，歌谣中的"张""李"代指张献忠和李自成，而其中的姐姐暗指清朝。清朝想要招降张、李，二人不肯，"我要回去学打铁"。这是潜藏于历史暗流中的风语者，矛头所指，是政权的霸蛮与更迭，与我们村的打铁铺子无关。

抽完一袋烟，炉床一头悬挂的铁壶里的水烧开了，马老爹磕了磕烟袋锅说："三儿，冷上水，把老五家的犁铧打了就歇工。"风箱响起，好像世上的风潮都集中在铁匠炉里，催动火焰，催动叮当的打铁声，火光映红了天空。

二、广陵散与铁

有关《广陵散》的来历有两种说法。

一种是《史记·刺客列传》所载。聂政是春秋时期齐国著名的勇士，当时韩国大臣严仲子与韩相侠累之间产生仇隙。严仲子花重金收买聂政，让他去刺杀韩相侠累。"聂政直入，上阶刺杀侠累，左右大乱。"交代很简洁，省略了一位刺客上场时阴森与恐怖的气氛，相当于现实主义写法。接下来，自知难逃大劫的严仲子把剑指向自己，割面、剖心、剜眼、切腹，一系列动作如行云流水。他以为不会有人认出自己，也就不会连累严仲子。若非姐姐听说此事来到现场指认，一桩无头刑事案件将很难大白于天下。

另一种说法出自东汉蔡邕的《琴操》，大约是一则民间故事。在故事里，聂政刺杀的不是韩相而是韩王。聂政也非被雇杀人，而是为父报仇。原来聂政的父亲曾经为韩王铸剑，由于不能及时交付而被杀害，聂政成了遗腹子。长大后的聂政在山中偶遇仙人指点，学会了鼓琴的绝艺，并且掌握了易容术，即使相熟之人看见也不能认出自己。有一天聂政在闹市弹琴，据说"观者成行，马牛止听"。韩王听说后立刻召见聂政，招致杀身之祸。

无论如何，有关《广陵散》来历的传说总是充满血色，于乱世之中渲染、发酵，最后形诸琴端。琴最无辜，来自千年精桐，本身就具有某种自然的灵性，一旦滴血，就琴声杂错，有了激昂、暴烈之气。曲段分别为井里、取韩、亡身、含志、烈妇、沉名、投剑、峻迹、微行。从故乡始，经历短暂而勇猛的一生，以微行止息，结束了一段别样的广陵史话。

我们村的马老爹当然不懂，一个生在乡间的野人掌握一门技艺，充其量仅是解决一家人的温饱问题。或许人的一生就是这样，不用彩排，也不用费尽心机，是你的终归属于

北方有所寄

你，不是你的即使绞尽脑汁也是枉然。铁匠铺的存在，从一定程度上推动了我们村的农业生产，很早马老爹就能自己焊接、设计各式农用器物。推锄替换了原来笨重的锄头，用废旧自行车改装，一个人一天下来能锄七八亩地，有事半功倍之效。

说到《广陵散》，首先绕不过的一个人是嵇康，魏晋名士柳林锻铁，说的就是嵇康。五月的清风吹拂，嵇康和向秀光着膀子在一片柳树掩映的铁匠铺里叮叮当当正打得欢实，与马老爹和马三父子一样，人一旦沉浸在劳作的欢乐中就容易忘乎所以。不远处是官家所设的驿站，从那里隐约传来歌谣声，一群魏晋时期的小孩肯定不会唱有关清立明亡隐喻的歌谣，唱的或许是《十打铁》——"一打天上蛾眉月，二打小星伴月行……"嵇康听了肯定觉得聒噪，心想：去，去，回家找你娘吃奶去，一帮熊孩子。

我这样描述魏晋风物有些脊背发凉，震耳欲聋的打铁声传来，嵇康一定躲在光阴深处冷笑。

所谓魏晋风流，是竹林七贤、建安七子等纯粹的民间文艺社团创造出的一种独异文化。有"晨兴理荒秽，带月荷锄归"的陶潜，"池塘生春草，园柳变鸣禽"的谢灵运，"我以天地为栋宇，屋室为裈衣，诸君何为入我裈中"的酒晕子刘伶，更有"目送归鸿，手挥五弦。俯仰自得，游心太玄"的嵇康。他们狂放不羁，率性洒脱，建构了中国历史上绝无仅有的魏晋风度。

打铁，打铁！

夜宿华亭的那个夜晚，嵇康夜不能寐，窗外虫鸣唧唧，也不能掩饰心中广漠的孤独。不如起来操琴吧，就当今夜月明风清，就当这个浑浊的世界还有一片松林可栖。琴声悠扬，是命定也是偶遇，山野间的精灵不请自来，将一段悲愤、跌宕的乐曲传授——只是不得再教别人。嵇康允诺，一双打铁执笔之手拨动琴弦，夜色乱了，峰峦如聚。

打铁，打铁！

似个怒目金刚站立在柳林旁，运三山五岳之力，以大河之水淬火，将一块坚硬的铁打成鱼肠宝剑，直刺庸人的胸膛。依才气，钟会"敏慧夙成，少有才气"，若不是活脱脱变成一个天才级的政治动物，也有可能在柳林之下讨杯酒喝。钟会去送自己撰写的书，想见嵇康又怕被嵇康看不上，"于户外遥掷，便回怠走"，于是埋下了命运的伏笔。做了高官之后的钟会再次造访，炉火熊熊，嵇康手中的铁锤起起落落，问："何所闻而来，何所见而去？"钟会答："闻所闻而来，见所见而去。"

打铁，打铁！

一个人的一生中即便有劫数，也不能折断脊梁。写出《与山巨源绝交书》的嵇康，以打铁的方式浇心中块垒，肉身是自己的，精神是自己的，还有什么能比自由更加高贵？"嵇中散（嵇康）临刑东市，神气不变，索琴弹之，奏《广陵散》。"剧终时刻的来临，往往指向更加完美的重生。三十九岁的嵇康来到菜市口的那一刻，天地为之变色。琴，还是那把桐梓合精的木琴；人，还是那个顶天立地的自我。

琴声轰响,是开始也是结束,"袁孝尼尝请学此散,吾靳固不与,《广陵散》于今绝矣!"

绝矣!我曾想象《广陵散》迸溅出的音符,散作万千箭矢射向无际的天空。河流呜咽,万马悲鸣,青山绿水间一身青衣长袍的魏晋名士从此与现世遥遥相望。风箱在鼓动,在历史的烟尘中,总有一些钢精铁华留下,总有一丝锋芒潜藏在人的内心。

打铁,打铁!锻打出青锋,也锻打出铮铮铁骨。

三、大雨所带走的……

在乡间打铁通称为"打乡铁",意思就是打造只属于村庄的器物,耕耘事炊,皆与乡村日常生活息息相关。《水浒传》里的雷横便是打乡铁的典型代表,"那步兵都头姓雷,名横;身长七尺五寸,紫棠色面皮,有一部扇圈胡须……原是本县打铁匠人出身,后来开张碓房,杀牛放赌"。只是去了梁山之后,火炉一开,打造的尽是些刀枪剑戟,打铁的意图转向了对抗昏聩王朝。

铁匠炉分为坐炉与行炉,从字面上看一目了然。坐炉就是在庭院工棚内盘上一座七星八卦炉,利用砧子、锤子、铁钳组成一个生产单元。行炉更贴近打乡铁的本质,将一应打铁家什装上独轮车,风吹一炉火,锤打四方财。马老爹家的铁匠铺用的就是坐炉,坐落在平原驴粪蛋似稠密的村庄路口,支应乡村日常。

根据一个地方的需求或者某些行业的优势，铁匠也有分工与强项。美国学者霍梅尔在《手艺中国·中国手工业调查图录·1921—1930》中介绍：有的地方造船业繁荣，盛行打铁锚。在瓷都景德镇，铁匠多会制作处理陶坯的削刀。浙江龙泉数百年间长于制剑，工匠有绝活。在安徽芜湖，工匠善于做剪子、钳子、铁锤、剃刀等小器物。这是乡土中国的打铁图谱，于几十年前由一位外国学者描绘。我不知道现在民间还有多少传统工艺留存，单从某一层面上来讲我们做的确实太少。

　　马三从二十世纪八十年代中期开始当学徒，那时身子尚且单薄。马老爹随手丢过来一段废铁，让马三在砧子上练手，不过炉火，锤一敲手一震，一天下来手腕变肿。马三哭，甩着肿成馒头的手说不练了。"练！"只一个字，马老爹黑着脸，用一根细铁链拴住马三的脚脖子，像拴一条狗。马三只好眼巴巴地看我们去上学，眼神中略有悔意。

　　乡间打铁大多是锻造有刃的器物——勾锄、铁镐、斧头、菜刀，马老爹近乎手把手将一身家传绝活传授给马三。我上高中的时候，马三已经长成虎背熊腰的乡下汉子，胃口好，一顿能吃八个馒头；力量大，村前村后年纪大的小的，掰手腕、摔跤没人能赢得了他；手艺好，十里八乡的人来到铁匠铺指定要马三打的菜刀，马老爹戴着老花镜，一面在刀背上钉下马家字号，一面满意地瞅了一眼儿子马三。

　　这是手艺在骨血之间的传递，有时一枚生硬的铁只需火与铁匠之间的交流与默契，就具备了器物的最高品质。这也建立起制造者与消费者之间的信任，以最为淳朴的方式沟通，使得一门手艺得以千年传承。

而当我要说到坚守的那一刻，手中的笔却蓦然停顿——还有什么是一脉传承下来的事物呢？

马老爹死了，马三从此接手了铁匠铺。不是因为一个人的死亡就改变了某些秩序，铁匠炉里的火依旧通红，马三身上的肌肉更加结实，手中的铁锤依旧挥舞得孔武有力；只是铁匠活儿越来越少，旧年时悬挂的那些铁器，有的在屋檐下、墙角处锈迹斑斑，有的甚至到最后也没人来取。马三懒得理那些陈年旧账，从马老爹到马三，铁匠铺的经营从来都是口头交易，乡里乡亲来打把铁锄，说钱等手头松快一点再给，时间久了也忘记了到底给了还是没给；有人丢下锻打一口铡刀的钱，过后卖牛买了拖拉机，再也没有来过铁匠铺。

活儿是少了，但一家人要吃饭穿衣。马三接手铁匠铺没干几年，就随着村里人去了大连。那一年我也是头一回出门，在一个建筑工地遇见马三，他的身子骨依旧壮实，只是眉宇间少了一丝火的灵气。马三是钢筋工，在工地上算是好一些的工种，这也符合马三的身份。多年的打铁生涯让马三深知铁的秉性，那些坚硬的钢筋在马三的手中弯来折去，将要作为一座高楼的筋骨，支撑起鸽子笼里的人们的日常生活。马三知道自己不属于某座城市，作为一个过客，重要的是做好眼下的活计，才有可能负担起一个乡村家庭的生活。

那是我最后一次与马三相遇，说起当年村庄里的种种，说起我们家的那口铡刀用了很多年依然锋利。说起家，大我几岁的马三眼睛通红，狠狠灌下一口烧酒，说："这生活可真没意思。"我没有追究这句话的深层含义，大略每一个漂泊在外的人都会有这样的一刻，苦闷、彷徨，看不到未来的曙光。

从那时起，马三开始酗酒。内心的炉火灭了，只剩下作为一个男人的担子或责任。淬火的含义是将金属工件加热到某一适当温度并保持一段时间，随即浸入淬冷介质中快速冷却。具体到打铁，就是将烧红锻打的铁器快速浸入加盐的冷水，以提高铁器的硬度与韧性。延伸到生活本身，我和村庄里的马三们一样投入冰冷的社会之水，期望生活在最短的时间内发生质的改变。因此我们身心坚强，经受再多摔打也能在罅隙中生存。

大雨在一个乡村之夜降临，这是一个再平常不过的日子，也是一个值得欢庆的时刻。寒冷的冬夜，人们像候鸟一样从城市归来，包工头也是本村的爷们，他说："喝一场酒把今年的账结了，就等着过年。"推杯换盏，一年的劳苦好像就潜隐在一杯烈酒中，一口饮尽，说起工地上做饭的安徽女子，那屁股喷喷——走起路来一摇三晃；说来年不往北走了，南方的工钱行情看涨。

酒兴就来了，瞅瞅一桌子的空酒瓶问有没有人出去买酒。时值夜深，冷雨敲窗，渐渐夹杂着雪花、冰霰。就算了，主人从床底下拿出一大玻璃缸药酒，里面有蛇、人参、鹿茸、蜈蚣，还有其他说不清道不明的宝贝。继续喝，倒下，抽搐，口吐白沫……

　　　　　　　　　　　　北方有所奇

赶到乡村卫生室的时候，马三还算清醒，让医生先给人事不省的那两个人打针。医生不肯，说不清楚情况不能胡乱下针。三言两语不合，马三抽身去了厨房，对着医生的头部一刀劈下。

　　结局是，马三死了，另外两人饮用药酒较少，被及时送到县医院抢救了过来。由于醉酒后的失重感，马三的那一刀造成医生皮肉开裂，但没有伤及性命。

　　刀背上，赫然打印着"马家"。暗黑的夜色中，湮灭的不仅是彤彤的炉火，还带走了一个年代的回声。

剃刀

一

刀，闪着寒光，带着来自远年的启迪。祖先以骨、石为刀，是为了方便生活，至于后来刀发展成能置人于死地的武器，完全与祖先的初心背离。在解释条目里，刀被称为用来切、割、斩、削、砍、刺、铡的工具，唯独没有说到刮或者剃。我不知道这是编撰者的疏漏，还是出于对理发行业的忽略，让一把小小的剃刀在浩瀚的历史星空下流离失所。

我小时候，父亲有一把简易剃刀，筷子粗细的刀把用竹子制成，黑色的铁，刀刃极薄。该剃头时，父亲从抽屉里拿出来交给我，让木匠二爷去磨。我小心翼翼捧着，像是怕那极薄的刃会瞬间弹跳出来，割破皮肤。二爷磨刀有他的秘诀，正七反三，不偏不倚，磨完在身上蹭蹭，用指肚轻试刀锋，然后嘿嘿乐，说基本可以吹毛即断。我不信，半路揪下一根头发放在刀刃上，腮帮子鼓足气吹，头发愣是没有断。

木匠的祖师爷是鲁班，相声演员的祖师爷叫朱绍文，绰号是"穷不怕"，是说穷人也有穷人的活法。开店铺没本钱，做苦力没身板，不如倚着皇城根儿撂地摊卖口艺。我第一次听说理发业的祖师爷，是在电视上的品三国节目上，主讲人舌头打着卷儿说关羽"问天下头颅几许，看老夫手段如何"，听着有股戾气。想来青龙偃月刀可挥、削、砍、刺，割人脑袋如探囊取物，但真的拿来剃头，定会让关二爷无从下手，恼起来还不赤红着脸把人头削去半个。

实际上，公认的理发业祖师爷应该是罗祖。关于罗祖传说的来龙去脉，到现在还是云遮雾罩，有的说跟唐玄宗有关，有的说跟汉献帝有关……传说武则天当年夺得皇位之后，生了驴头三太子，到了满月要剃胎毛，又怕理发师看见太子的丑陋模样说出去，所以来给太子剃头的理发师没有一个活着出去。罗祖知道了这件事，毛遂自荐来到宫里。罗祖想，与其让武则天杀了，不如把这个害人性命的太子先干掉，手起刀落，割下他一只耳朵，揪下一块皮。那小子竟然没事儿，再割掉另外一只耳朵撕下皮，竟然还是好端端一个婴儿。当然，罗祖也没逃过被杀的命运，却使更多的理发师不再受到戕害。

这样的传说你信吗？不信。我也不信，我想这应该是一位游走民间的理发师杜撰的版本，为了应付提问者，不至于让人说作为一个剃头匠竟然不知道祖师爷是谁。

不过有一点可以肯定，农历七月十三是罗祖的生日，是旧社会的理发师们最看重的日子。这一天，老济南的理发匠，无论男女老少，都会一大早赶到南券门巷的罗祖祠，摆好贡品，顶礼膜拜。现在这种景象已经很难见到了，老手艺的消逝以及新观念的更迭让很多行业失去了存在的独特性。

家里穷，连一毛两毛也不舍得花在理发上的父亲，让母亲亲自动手。母亲初时还怕，怕割破父亲的头皮，父亲就梗着脖子，一副义无反顾的样子。到底是没有实践经验的积累就难以做到游刃有余，父亲的头发被一撮撮割下来，头皮如花瓜一样。俩人就笑。过几天竟然看不出有多大毛病。

其实有关罗祖，我还是比较信任蒲松龄在《聊斋志异》中《罗祖》一节的叙述。说罗祖去边疆当兵，把妻子托付给一位姓李的朋友照顾，后来这位朋友却与妻子有染。归来之后的罗祖把刀抽了出来，沉思片刻，又插回了刀鞘。他说："我的妻子、儿子你要了，那么我的兵也由你去当吧。"说完把马匹和武器放下，转身消失。

至于后来，有人说看见罗祖在后石匣营的一个山洞里，不吃不喝，外面蓬蒿成林。而李姓朋友和妻子因为遭到官讼而死。又过了很久，有人看见罗祖在山上走动，想要接近时，他却倏尔不见。到洞中寻他，见他正坐着，衣服上的灰尘都没变样。

"放下屠刀，立地成佛。"蒲大爷无非是讲了一个旧式的因果故事，却为一把隐忍的剃刀做了很好的铺垫。

让我记忆颇深的是，有一次村里来了剃头匠，父亲刚好在村口坐着，摸摸头该剃了，口袋里却没有一分钱。盲人二爷是复员军人，父亲朝二爷张嘴去借，说第二天便还。二爷的儿媳恰好路过，一声喊："拿什么还？有钱就剃，没钱就算。"父亲伸出的手缩了回来。每当想起,我心里就揪着疼。算起,我做理发师也有十几年了,对于年迈的老人,若是对方窘迫,即使少拿点钱或者不拿,也不会让人家为难。

父亲已经走了很多年,母亲也已离去,那把简易的剃刀也不知去了哪里。

二

《青龙偃月刀》是韩少功的一篇小说,记述了剃头匠何爹以及他非凡的老式手艺。

早年,民间多有走乡串户弹棉花的手艺人。他们身背一张长长的弓弦,行至主顾家中,面对云朵一样的棉,砰砰嚓嚓开始工作,弹出来的棉絮轻柔绵软。焗锅匠当街坐下,朝身边的破盆烂锅叮叮当当一阵敲打,就有人把用破的锅碗瓢盆摆下。打理过后,不说完好如初,也能再撑上一些时日。

我喜欢手工之暖。我家那些破旧的木制家具用了很多年,枣红色的油漆剥落,见证时间的木质纹路却依然清晰。旧的事物里面掺杂着太多情感的成分,时间一分分一秒秒流逝,而旧物的光芒仍在,时光背后的那个身影仍在。

韩少功笔下的何爹守旧,看不上年轻人染头发,说五颜六色地染下来,猫不像猫,狗不像狗。他不是不会染,是不愿意染。师傅没教过他的,他绝对不做。叙述的重点在于何爹手中的微型青龙偃月刀,关公拖刀,张飞打鼓,双龙出水,月中偷桃,哪吒探海。一路刀法下来,有惊无险,行云流水,那叫一个通泰。

我知道这是文学家惯用的夸张手法，一件普通的器物，一个简单的动作，一经作家书写势必生花。但我相信作者心中对老旧事物的真切缅怀，一把小小的剃刀看似不起眼，却让人体悟到生活忙碌的间隙中那份舒适与坦然。

我的理发手艺接近传统，却不拘泥于形式，既漂染五颜六色的头发，也给人刮脸剃光头。我自己也是光头，也有一把从未现身过的"美髯"，有切身之感，所以在面对顾客时能准确把握分寸，而不至于用拙劣的手艺把顾客赶跑。刀是轻便的刀片式剃刀，膏是泡沫丰满的剃须膏，手指绷紧头皮，不说风卷残云，也是踏雪无痕。须臾，客人起，说几乎小寐，也便知道自己的手艺也还能说得过去。

油自钱孔入而钱不湿，其实很多事情都是这样，没有什么值得炫技的。但重要的在于坚持，在坚持的基础上善于变通，在变通的基础上持守手艺人的那份本真。

老北京胡同有个草根名人，也是理发师，人称"靖奎爷"。老先生剃了一辈子头发，到了九十多岁，还坚持上门为老主顾理发。他曾经为梅兰芳、傅作义等京城名流剃头，被称为"老北京的活化石"。

靖奎爷本色出演过影片《剃头匠》，获印度国际电影节最佳影片金孔雀奖。我看过这部影片，镜头里的靖奎爷寡言少语，像是老北京胡同里一株会行走的老槐树。去吃了一辈子的爆肚张家吃饭，店家为他预留的座位被人侵占，老先生也不与人争执。一位老街坊让靖奎爷剃了一辈子头发，后来半身不遂且失语，被接回儿子家。每逢理发，看见儿子请的理发师，再高级也不肯俯首就范，反抗激烈时以头撞墙。请来靖奎爷，老街坊默默注视中老泪横流，像婴孩般听话。

这就是持守，是以沉默对抗时间的洪流，有关传统的风骨早已融入平静的宿命。我并不赞成挣钱不重要的说法，因为在这个时代没有人情愿坐吃山空。

旧时的乡间剃头匠常常捎一挑子，或是桑木，或是竹质的扁担：前有木匣，有几个简易抽屉，可做钱箱，可盛放工具；后面是一个煤炉子，到了村口放下，便于就地烧水。我小时还算听话，到了剃头的时间，母亲给我一两毛钱，我就坐在剃头匠的木凳上，也不管钱多钱少。手艺好的剃头匠，手工推子磨得飞快，一会儿就能剃好，一头衰草似的头发散落一地。若是手艺还欠火候，顾客遭罪自不必言说，咬着牙，忍着泪，被推子夹住头发薅得生疼。

所以我比较重视孩子们的感受，有时遇见恐惧剃头的小孩，免不得挤眉弄眼说尽好话，只为博君一笑。想来，孩子们破涕为笑的那一刻我也一定笑容可掬吧。

深究理发业的源头，大略要追溯到清朝以前，清兵入关后催逼汉人"留发不留头，留头不留发"，才有了理发业的兴起，一把小小的青龙偃月刀才有了用武之地。三教九流的划分，如今看来纯属立不住脚，一面说着剃头匠是下九流，一面俯首帖耳不得不在一片闪烁的刀光中噤若寒蝉。

以剃发为名的人估计古今只有一人——淳于髡。"髡"是先秦时的一种刑法，指剃掉头顶周围的头发，是对人的侮辱性惩罚。《史记》载："淳于髡者，齐之赘婿也，长不满七尺。"但就是这么一个人却彪炳史册，长期活跃于齐国的政治和学术领域，对稷下学宫的发展做出了重要贡献。

可见一把青龙偃月刀一路走来并非毫无作为，余音袅袅间，轻弹出洒脱与肆意。我知晓我与剃刀间的那份缘，十余年的陪伴，造就了一只剃污断垢之手，一边送人以清爽，一边写下有关乡村的断简残篇。

三

我一直以为年少时的梦想终是要断了。高中上了一年后，休学回家，村子里的人忙忙碌碌，不多我一个也不少我一个。母亲看我憋在屋子里写写画画，既不表示赞成，也不反对，只说长大了应该有点正经事做，不能吃白食。

于是，有一天我坐上了远行的列车。在空荡荡的矿山里，面对一块块坚硬的岩石，挥起沉重的铁锤。我去过渤海湾一座小小的渔村，和当地渔民一起出海捕鱼。天是冷的，风起浪涌，渔船像是漂浮在海面上的一片叶子。我还去过机器轰鸣、粉尘飞扬的水泥厂，将水泥袋搬上搬下，以至于累到瘫软，躺倒在水泥厂车间里。调度看实在不行，将我转调到汽车队去做修理工。后来做保健品营销，部门经理要高中毕业证，没有，买了一个封皮，用钢锚轧出钢印的痕迹，总算蒙混过关。东游西荡，混迹于大小村庄，以夸大疗效的方式推销所谓包治百病的神药……

北方有所寄

流年偷换，没想到成家之后成了一个职业理发师。在镇街上，过着不显山不露水的日子，终日迎来送往，以忙碌换回一些糊口之资。2007 年，我买回了第一台电脑，开始尝试写作，以期唤醒年少时的梦想。

　　《剪刀手爱德华》里，一位发明家发明了与真人一模一样的机器人——爱德华，只是尚未完成之际便撒手而去，给爱德华留下了一双冰冷的剪刀手。古堡中的生活，寂寞、冷清，古堡外的树木与花草被爱德华修剪出各种精妙绝伦的动物形象或美丽图案。直到有一天，推销化妆品的佩格出现，打破了爱德华平静而枯燥的生活。

　　我看爱德华的故事时，仿佛被一种巨大的孤独感所包围。色调明丽的小区里，邻居们调情、窥探，搬弄是非，过着百无聊赖的生活。当爱德华展示用剪刀手修剪植物、设计发型的才华时，整个小镇为之癫狂。

　　俗世生活中，当一种新事物或者新面孔出现时，人们往往会感到好奇。最初的写作是羞涩或者不想示人的，当有人问及正在奋笔疾书的我时，我会羞涩地一笑，搁笔，合上稿纸，开始给人洗头、理发，其间不留一丝痕迹。

　　这大概是我想要的生活。谷雨后在田间浇地，在微信上写下一段文字："吾有田，计六亩六分七。一于村南，过河，旧年须洇水而过。犹记瓜爷，手托衣衫立于水，谓之踩水。上岸，打响亮亮呼哨，隐于树林。此三亩八分半，前年租单县人，植山药，无利而终。另二亩有一，南枕南河，北倚北湾，尝为村中菜园，有茄有椒，十余年前普栽苹果，花色妖娆，而果青涩。再有七分，于堤前，夏有艾蒿，其盛若稼，母亲在时，常收割捆扎，以熏蚊蝇；母仙逝，艾蒿皆无，独日本看麦娘，虽药剂弗除。有坟五，皆吾族亲，田若鱼脊而获甚丰，为之功。余下二分，若刀柄，难耕，植杨，今碗口粗细，七月有蝉，村人如织接踵。吾痛，思蝉之艰，三两载，于暗黑之地思考、摸索，终见天日，而入庸人口腹，冤兮怨兮，当震阎罗之鼓，以雪族人仇。此吾所有，有规曰：百年不变。吾当奋力以耕，辛勤稼穑，秋有粮，冬有藏，春有蔓草于野。"

这是我的第一个身份，一个彻头彻尾的农民，春种秋收，不舍得荒废任何一片土地。

爱德华最终还是动了感情，喜欢上佩格的女儿金。金，美丽绝伦，但早已有了男友。在周围人把爱德华当作抢劫财物的危险分子时，金发现了男友丑恶的一面，并对爱德华产生了好感。

圣诞夜大雪纷纷，爱德华想要和从前一样，给小镇上的居民修剪植物，修剪称心如意的发型。但越是如此越是被误解得更深，以至于遭到更加无情的驱逐。

我对那张苍白的面孔印象深刻，像是一泓平静的湖水，其间暗藏着深情的激流，退是古堡中的千年寂寞，进是面对浮世巨大的孤独，进退维谷间，只剩下一片苍茫。洁白的雪在天地间飞舞，到了离别的时刻，金说："抱抱我。"爱德华说："我不能。"

我是把金当作美好的象征来叙述的，如同我深爱着的文字与剪刀。在给人理发的那一刻，剪刀仿佛长在了手上，每一个发型都是我用心完成的作品；在写下文字的那一刻，笔就连通了心神，每一篇文字都与我生活的这片土地、村庄血脉相通。

叔本华说："要么孤独，要么庸俗。"是说安吉努斯尽管有着十足的爱意和温柔，还是不得不说，孤独是困苦的，但可不要变得庸俗。因为那样的话，你会发现到处都是沙漠。

爱德华的悲情，在于人世不能理解他对爱的渴盼。佩格家所在的地方原来不下雪，却因为他的出现开始飞扬洁白的雪花。写作的孤独，一如浓密的夜色将我包围，而真正潜下心来，那些方正的字符就像精灵，在夜空中飞舞。像爱德华走后的雪，一片，一片，圣洁而美好。

土陶本纪

一、泥土调

村庄在时间之外静默，若有若无的云朵在村庄上空飘荡，一条弯弯的小河从村前流淌而过，过滤时间遗留的砂浆。在村子里，我们所见最多的是泥土，泥土的老屋，泥土的矮墙，汗水从毛孔里渗出，一搓就是一粒黑黑的泥球——要不老祖母怎么说人是泥做的呢？一场浩大的洪水淹没了整个世界，只剩下女娲和伏羲兄妹两人，躲在一个大葫芦里顺水漂流，最后来到老河滩上。女娲用泥巴捏出一个个泥人，后来她累了，折下一枝柳条，蘸满泥浆在地上不停摔打，结果溅出的泥点点也变成了活着的人。

我们就是那群被女娲摔打出来的泥人。我小时候和泥巴有密切的接触，每当河湾里的水几近干涸，我都会撅着屁股在河道里挖泥巴。赭红的胶泥与其他泥土的质地不同，胶泥有着柔韧的性格，埋在三尺多的地下，像岩石层，每两块胶泥之间都有线条。最初挖上来的胶泥是硬的，就像一个倔强

　　　　　　　　　　　　　北方有所寄

的乡间少年，需要时间的磨砺，需要在经历中摔打，才能在空旷的世间坚韧起来。

青石板是青的，作为小桥的桥面，它上面有太多人留下的足迹。我在青石板上摔打着泥巴，捏出一座小小的院落，院子里有鸡有鸭，有看门的土狗，当然还有母亲、父亲和我，父亲牵着一头牛走出家门，母亲走进厨房，为我们做粗糙的饭食。我呢，则岔开两腿坐在低矮的土墙上看云，神情有些呆傻，对外面的天空充满希冀与幻想。我曾写下一篇《泥土调》。

泥土。站立的泥土，会说话的泥土，生长庄稼的泥土，歌唱的泥土，飞翔的泥土，沉默的泥土，孤独的泥土，会发光的泥土。大笑的泥土，悲恸的泥土，祖先的泥土，千秋万世的泥土。脱了裤子上炕的泥土，风骚的泥土，奶水一样的泥土，众神的泥土，众生的泥土。烧制成陶的泥土，盛放日子的泥土，生的泥土，死的泥土，在悲苦中泡大的泥土，诞生的泥土，轮回的泥土，银河坠落的泥土。历史册页中的泥土，金戈铁马的泥土，夹缝中的泥土。铁的泥土，青铜的泥土，高贵的泥土，世俗的泥土，火焰般的泥土，花朵盛开的泥土，跪着的泥土，求告的泥土，流浪的泥土，离别的泥土，悲声大放的泥土，流血的泥土，滚烫的泥土，冰冷的泥土。聋人康的泥土，鲁西南的泥土，憨厚的泥土，灵动的泥土，至死不渝的泥土，土黄的泥土，苍白的泥土，丰姿绰约的泥土，美轮美奂的泥土，笙歌里的泥土，柳笛中的泥土，天父地母的泥土。缠绵的泥土，生死之交的泥土，血浓于水的泥土，有风骨的泥土，喘息的泥土，木牛流马的泥土，颤抖的泥土，远行的泥土，梦里的泥土，嘴里咀嚼的泥土，眼窝深陷的泥土，老祖母的泥土，父亲母亲的泥土，村庄的泥土，城池的泥土，死不悔改的泥土，倔强的泥土，温柔的泥土，子宫里的泥土，阴茎上的泥土，活着的泥土，死了的泥土。你我血肉中的泥土，骨骼里的泥土，筋脉寸断的泥土，赤裸的泥土，风化的泥土，飘荡的泥土，跪乳的泥土，反哺的泥土，对望的泥土，从眼中跌落的泥土，一抔一抔的泥土，撮土为香的泥土，我的泥土，你的泥土，泥土的泥土。

这时的泥土尚与陶无关，只不过刚从老河滩的地下醒来，曝晒于阳光之下。在有关陶的解释条目中，陶是用黏土烧制的器物，可以做成陶俑、陶瓷和陶器等。这就有了盛放的可能，盛放日光与月光，盛放长长的烟火岁月，盛放我们的悲悲喜喜。

老子说："埏埴以为器，当其无，有用之器。"意思是，和泥制作陶器，有了器具中空的地方，器皿才有作用。这就把陶的内涵提高到了哲学层面，顺着这一层意思，还可以做无限的延伸。在浩渺的星空，在深邃的大地，在深埋千年的泥土里，只要躬下身来就能触摸到清晰的纹理。

二、盛放在陶罐里的村庄

母亲坐在老屋的门口，日光从椿树的枝叶间洒下来，圆圆的影子落在鬓发上。萝卜是土生土长的红萝卜，有着琥珀一样的色泽，摘去缨子，洗净，一层一层码放在陶罐里，上面撒一把粗粝的青盐，而后放上一块经年的青砖，压实。活在土地上的我们，为了吃饱穿暖，为了将儿女抚养成人，不得不日夜在田野上奔波。汗水是生命透支的证明，一行行顺着脸颊，顺着古铜色的皮肤流淌而下，凝结成盐。那盐意味着力量的散失，以至于造就了我的饮食习惯，不吃咸咸的东西就觉得浑身无力，腰膝酸软。

宁静的乡村时光中，母亲有很长一段时间用来腌渍咸菜，有初春的雪里蕻、秋后的胡萝卜，还有三月的香椿叶。我习惯了那些时间浸润过的味道，一口咸菜一口馒头，吃到满头大汗，然后去田野上劳作，归来时已经星月满天。

最地道的当属黄豆酱，夜色中的母亲将筛选好的黄豆粒儿放在甑上蒸煮。火光映红母亲的脸庞，也温暖了老去的时光。隔着草木编织的甑盖，仿佛听见大地之水一滴滴跌落于黄豆的金色幻梦。有时经受烈火的历练不过是为了走向朴素的内心，有时高压下的隐忍不过是为了看见一缕微渺的佛光。母亲的等待沉稳而漫长，她在守望岁月赐予的莹润色泽，她在守望一家人平凡朴素的温暖。

蒸熟的黄豆躺在甑锅里，粒粒饱满。母亲在深夜中一次次翻动，让每一粒黄豆都被来自地脉深处的水流浸透。这是一次无言的沟通，也是一场完美的重逢。接下来是一场一场的风，风吹动落叶，吹动流云，吹散黄豆里的地脉之水。

鲁西南的十一月是腌制黄豆酱的时节。这是只有乡下母亲才会做的黄豆酱，轻轻启开陶罐上的封泥，就像打开尘封已久的记忆。

　　母亲在时，常在院子里养一些小鸭小鸡，毛茸茸，圆滚滚，散布在各个角落。长大后的鸡鸭就是母亲的移动银行，每逢赶集，母亲就挎着一篮鸡蛋、鸭蛋，守候在人声嘈杂的集市上，换一点柴米油盐钱，当然，也有我上学的费用。剩下的蛋积攒起来，放进陶罐里腌上。等到麦收季节，捞几个煮熟，算是犒劳在田野上劳作的我们。

　　母亲腌制的咸鸭蛋与眼下市场上的不同，都裹一层厚厚的泥巴，盐水中撒上八角、花椒等，时间无需太久，二十几天捞出即可食用。咸鸭蛋有专门的吃法，千万不要直接一刀切开，让内容大白于天下；要将一端在桌面上轻轻敲破，刚好能放进去两根筷子，继而搅碎。这是形式大于内容的动作，四溢的蛋油、宛若彩霞的蛋黄和清清白白的蛋清混合在一起，散发出浓厚的香味，单是想想就让人止不住口水。

　　有时我能在睡梦中看见那些飞翔的土陶，它们穿过乡村的屋顶，在风中旋转。大点的是盛放粮食的瓮，巨大的敞口望向田野，五月麦浪滚滚，似千万条箭矢被悉数收纳；十月是玉米的金黄，在经过一夏一秋的灌浆后，颗颗珠圆玉润，嘈嘈切切错杂弹，大珠小珠落土瓮。小一些的是水缸，就像一个静默如谜的诗人，在村庄的角落仰望布满天空的星群，仰望月光洒落。更小一些的是陶盏，母亲坐在摇晃的灯光下纺棉织布，用生命勾勒那些细细长长的日子，用纯棉安抚我们善变的内心。

我曾经写道："陶，你发现没有——圆圆的口儿，厚厚的底儿，中间一直圆圆鼓鼓。我想那是母亲才有的胸怀吧，把苦难和风雨咽在肚子里，把亲切与宽容慈祥地呈现，让每一个乡村的儿女都在土陶一样质朴的温暖里成长。"

这是陶最本真的地方，大肚能容天下难容之事，亦普度着众生的灵魂。

三、陶盆，或者消逝的莲花

盆窑就建在老黑叔家门口，一个村子里的面盆、脸盆，包括姑娘出嫁时用的莲花盆，都出自这座简陋的土窑。陶盆的品类按套算，大的叫"斗盆"，小一号的叫"和面盆"，再小些的叫什么我已经忘记，最小号的被村里人称作"点点盆"，言外之意就是个头太小。

因为有盆窑，我们村有了卖盆人，他们在农闲时节或徒步走村串户叫卖，或套上一匹马去更远一些的定陶与菏泽。五叔是常年卖盆的人，时间久了大概能知道哪个村庄又缺使唤的盆了，于是套上马车，一手执一把系了红绸子的木槌敲击拴在马车上的瓦片，叮叮当当，省了吆喝的力气。我那时喜欢盘算五叔回家的日期，在那几天坐在村口的路边等。五叔轻易不让人失望，经常从扣着的一只土盆下抓出几只蝈蝈，放进我预备好的蝈蝈笼子。夜晚，就能听见清脆的蝈蝈叫。

老黑叔是制作陶盆的首要人物，简直是赋予陶盆灵魂的人。我倚在门框上，看土生哥在阴湿的作坊里摔打泥巴。老河滩上的胶泥起初是红色的，稍显坚硬，施一遍水摔打一次，渐渐变得柔和，颜色也由赭红变成土黄。土生哥用马刀切下此时状态刚刚好的泥团，放在老黑叔面前的转盘上。负责托放盆胎的是根生，窑场里的人都喊他小名"驴子"。驴子腿脚快，一手扶墙，一只脚在转盘的下部使劲一蹬，转盘就飞快旋转起来。

老黑叔将泥胎放置在转盘中央，一边蘸水，一边扶着泥胎"扶摇直上"。眼看着一坨不成形的泥巴被竖起，两根大拇指在中间并立开槽，泥胎就像一朵莲花渐渐开放。

每一次烧窑点火时，土窑前都会聚集很多人。老黑叔总在最前面，举起手中的点点盆，里面是土法酿制的烧酒。八仙桌上是泥塑的窑神，窑神是老子，也就是后来得道成仙的太上老君。究其根源，大概取老子是道家始祖之意，因其长于炼丹之术，所以能保佑烧制出成色更好的陶盆。

莲花盆并非老黑叔独创，我在一本有关土陶造型艺术的书籍里找到了有关莲花盆的记载。莲花盆仿照莲蓬的造型制作，形象上介于盆和瓮之间。盆的上部开口较小，底座小于开口，盆的中间凸出，呈圆形。莲花盆的用途是养鱼栽花，不仅实用而且美观。老黑叔的做法是，先制作出陶盆的形状，上部稍短窄一些，这与古时山西与浙江制作瓶器的方法不谋而合。在土窑里烧制成瓦圈，像金刚圈的形状，承托其底部，外面以木槌打紧，使泥坯与瓦圈自然黏合。最重要的工序是在泥坯成型时用拇指按捏花边，并在上部刻出花藤的形状。莲花盆的制作工序比一般的陶盆烦琐几倍，但卖价也高，常有城里人嘱咐卖盆的五叔捎带几只。

据母亲讲述，老黑叔在家门口筑窑时，来了一位风水先生，他围着工地转了两圈说："窑烧九岭，火断八山。"九指的是正南方向，也就是土窑所在的地方。这更像一句谶语，击中了这个平凡的四口之家。老黑叔的妻子叫莲花，家有一双儿女，生活还算美满。可有一天，他的妻子竟然跟学徒走了。女儿渐渐长大认归了母亲，儿子到了谈婚论嫁的年龄，苦求母亲回家不得，以一瓶农药了结了自己，剩下孤苦伶仃的老黑叔一人。

老黑叔常常在颓败的土窑前静坐，目光平静却略显空洞。他是否还会想起那些热火朝天的日子，儿女在一旁玩耍，手中的泥土轻柔绽放，就像一朵盛开的莲花。那莲花来得从容，老河滩上一抔普通的泥土，被拣转，被命名，被烈火炙烤，釉面光滑。那莲花却消逝得让人心痛，在记忆之河里随波逐流，到最后只剩下一座破败的土窑，有关它的前路与归程再也无人问津。

四、青鸟飞过时间的林梢

梅特林克写过一篇叫《青鸟》的童话小说，讲述了两个伐木工人的孩子代表人类寻找青鸟的过程。童话里青鸟是幸福的象征，通过他们一路上的经历，得出了一个结论：其实幸福并不那么难找，幸福就在我们的身边。

有时我觉得自己就是其中一个孩子，在书写的过程中寻找那些与幸福有关的记忆。秋日午后的阳光洒下来，老屋在村庄里静默。那株歪脖子枣树长了很多年，仿佛还是原来的模样，枝叶间的枣子大多被我们打掉了，只剩下几枚红红的果实擎在最高的树枝上。我沿着土墙一路爬上去，我喜欢坐在高高的屋脊上看云朵飘过村庄的上空，就像母亲赶着一群羊在天上放牧。靛青色的老瓦，由于时间的浸润，生出苔藓与瓦松，这使它们更像是老屋青色的羽毛。屋脊左边一扇翅膀，右边一扇翅膀，而我就坐在这只时间青鸟的背脊上，飞向未知的远方。

　　在中国古代神话里，青鸟色泽亮丽，体态轻盈。在汉代画像砖上，常见于西王母座侧。相传，青鸟是西王母的使者，使命不只是为西王母送去食物与书信，还将吉祥、幸福的佳音传递到人间。这与梅特林克的叙述不谋而合，看来在艺术表达的层面上，人类有着共通的期望与寻觅，都借助一只鸟在虚无的时间中穿梭往来，寻觅幸福的真义。

　　我注视着这些青色的瓦片，因为烈火的炙烤，它们由泥土变成普通的陶，经历了裂变的阵痛，而后飞上乡村的屋檐。风吹着，几片树叶飘落下来，陪伴孤单的瓦松。这些在屋顶上跳舞的精灵，再过一会儿就要迎来浓浓的夜色，清澈的露珠将滋润它们干渴的喉咙，轻盈的晚风将打开它们的思绪，漫天的星光将为它们照亮前行的路。而我呢，在最后一片霞光为暮色覆盖的时刻，被母亲从幻境中唤醒，在嗔怪的眼神中，再次回到现实主义的景像里。

用于房屋建造的土陶，大概可以分为三种：

一种是垂在屋檐端上的瓦，叫滴水瓦当，遮盖椽头，以防雨水腐蚀。我家的屋檐低矮，春天常有燕子飞来，老祖母说燕子是吉祥之物，不能驱赶，所以任由它们衔来老河滩上的青泥与草茎，不出几天就能垒好一个看似结构简陋却能遮风挡雨的家来。三月的雨绵绵地下着，透过木格窗棂就能看见一对呢喃的燕子在雨中低飞，用不了多久，滴水瓦当下面就会多出两只小燕子，伸出稚嫩的小嘴迎接送回食物的母亲。

滴水是瓦中的点睛之笔，相当于青鸟的眼睛，所以在房屋建造中被赋予了更深刻的寓意。达官贵人的堂屋瓦舍，一般会选择有威严的虎豹猛禽等动物形象，拓印在滴水瓦当上，大多用来吓唬平民百姓。再者是佛堂庙宇，各家有各家的道业与信仰，多以"惩恶扬善""造福人类"为基本信条，所以拓印"佛""法"或者莲花的形象，以示普度众生之意。而最有威仪的是皇族，不仅在穿衣戴帽等方面显示出与常人不同，更在房屋建造方面突出了门第等级，区分了三六九等。于小小的瓦当上，大多雕龙画凤，以彰显皇族的辉煌气派。

我们村都是普通得不能再普通的平民百姓，再早是以茅草房为主，能用土陶做建筑材料已经相当不错了，一般会用平平常常的花草图案装饰自家居所。几天前回老家，我捡起一只坠落在草间的瓦当，拭去上面的泥土，一朵无名小花赫然出现，五片匀称的花瓣、几片稚嫩的叶子，不知经历了多少风风雨雨。

还有两种，一种叫"云瓦"，放在屋脊两边，以承接大面积的乡村老瓦；覆盖屋脊的叫作"抱同瓦"，名字就有合作协同之意，将屋顶两边的瓦片无缝对接，等同于青鸟的脊背。我们家到了秋天基本没有闲置的地方，老屋的山墙上、屋脊上挂满了刚刚收获的玉米。母亲在院子里辫结，二姐负责运送，我在屋顶上走来走去，将玉米摆放于高高的屋脊。别人家也是，树杈上，土墙上，凡是有点空隙的地方都挂满了金黄。这时的村庄是喜悦的，连同那些朴拙的老瓦也透着一股子喜庆劲儿，翅膀奋力扇起，承载着村庄向时间更深处飞翔。

我记忆中最后的制瓦人应该是老转叔，他带领一家人在宽阔的老河滩上扎下阵营。土依然是村前小河里的泥土，先用圆筒制作骨模，筒外画出四条等分线。老转婶把泥土调和好，一遍遍踩踏，形成熟泥，堆成立方体的形状。而后老转叔用铁线做弓弦，线上留出三分厚的空隙，线长一尺，用铁线将泥土墩直切下去，切出一片，像揭纸般揭起，将泥片围在圆筒模上。待河道里的风自然阴干，脱模而出，瓦片分裂成均匀的四片。

这是近乎行为艺术的制陶技术，一家人协作分工，将沉埋千年的泥土糅合，分割，然后堆积于低矮的土窑中。跳跃的火光里，我看见靛青的老瓦浴火凤凰般从老河滩上飞出，飞过时间的林梢，飞向我们居住的村庄。

五、乡村的骨骼

我熟悉我家的那座老屋，就像熟悉每一位亲人。仲夏夜的傍晚，鸡蹑手蹑脚上了树。夕阳闪过最后一片光影，百无聊赖的我坐在门墩上，听蛐蛐的叫声起起伏伏，沿着薄薄的夜色传入耳廓。这些弱小的精灵，滴露为饮，不用在田野上辛苦劳作，更不用为了明日的生计发愁，只需沿着季节的航道进入下一个轮回。

在寂寥的傍晚，乡村少年喜欢用细细的木棍在墙缝里寻觅蛐蛐的影子。年深日久，老屋的墙上布满洞孔，用手电筒一照，结构一目了然。从下往上数，大概有十八道青砖，再往上是掺了麦草的泥土，一直延伸到屋檐。从外往里看，外面是一道青砖垒砌的单墙，里面是夹层，碎砖烂瓦零落其间，最里面当然又是一层单墙，掩饰着墙体中间杂乱的种种琐碎。

其实这还算村庄里不错的房子。有的房子只是在地基上铺几层青砖，墙体皆为泥土，风雨剥蚀，不知道哪一天就会在暗夜里倾圮。我做过这样的梦：屋外风雨连天，屋里到处是水，年迈的老屋摇摇欲坠，眼看着就要塌下来……以至于在梦中惊悸地抱住母亲。《天工开物》里说到的砖，大致分为眠砖与侧砖两类，眠砖为长方形，和我家老屋上的大致相同，用以砌墙。精打细算的人家，会在眠砖之上砌一排侧砖，侧砖中间以土石填实，等同于我家老屋墙内的夹层，主要是为了节约。

有一年夏天，二哥在村后的土窑场拓坯，日头高高悬挂在天空，知了在莫名歌唱，空气中没有一丝风。豆大的汗珠从二哥古铜色的皮肤上滚落，落在坯模上，混进泥土中，拓制成一块块土坯。二哥拓制的，其实就是《天工开物》里所说的楒板砖，铺在屋椽之上用以承瓦。砖模中间有一个圆圈，圆圈中间有一颗五角星。为了给我娶媳妇而建造的新房上用的就是这种砖，人躺在床上，屋顶星光闪闪。

　　我们好像天生就是一群善于和泥土打交道的人，双脚沾满泥巴在世上行走，血肉中混入泥土的味道，日久不散。即使到今天，当我在城市遇见那些蓬头垢面或者衣着光鲜的乡亲，仍然能将对方泥土做的身体一眼看穿。城市需要我们添砖加瓦，修筑更高的建筑，却总有人拒绝我们，唯恐他们高贵的灵魂沾染了我们身上的泥土。我们不善于计较别人的眼神，只因城市之外还有我们赖以度日的村庄，村庄里还有我们血浓于水的亲人。

　　村外是宽阔的老河滩，老河滩上有取之不尽的泥土。那时，乡间土窑已大肆流行，买不起建筑房屋的红砖，我们就自己砌窑烧砖。常常是分工合作，你家制砖时取土，我家牵牛带人去帮工；我家制砖，你家推着板车紧紧跟上。一时间装土的装土，拉车的拉车，赶牛的赶牛，一条流水的长龙在农闲时节甩出二里多地。

　　大成哥是村里的能人，家里有一台柴油机。砖机、切割台、履带，一应布置停当，大成哥甩开膀子摇响了那台隆隆作响的柴油机。突突的声音摇天动地，冒出的黑烟凝聚成一

　　　　　　　　　　　北方有所寄

团团黑云，飘荡在村庄上空。我放学归来，免不了加入长长的制砖大军，二姐和三姐每人都拉着一辆载着泥坯的板车，我就在车前帮忙。到了一块空旷的场地，把一块块泥坯用自制的工具叉下来，风干，等待入窑。

火光在窑洞里熊熊燃烧，三哥那时已经退伍，不时地往窑洞里添加麦秸。我查阅了一下资料，说要将制成的砖坯装入窑中，装三千斤至少要用一昼夜，六千斤则必须用两倍的时间才够。谁能知道那些泥坯的重量呢？三哥心里有数。有一次是意外，那天大概是成砖的最后一天，三哥胸有成竹地坐在低矮的地窨子里，特意打来一瓶酒，切了一段肥肠，那是我平生第一次吃肥肠。肥腻的香，有一股说不明道不清的怪味道，入口又化成浓香。一场大雨突然降临，浇灭了窑火，清晨三哥从醉梦中醒来，才发现一窑红砖"泡汤"了。

时间艰辛地往前行进，老河滩上的泥土经过火的历练，变成一块块坚实的红砖。村子里很多土屋倒下，红砖红瓦的新房起来。这出于时局的逼迫，如果谁家在二十世纪九十年代还没有一座像样的房屋，那么家里的后生就很难找到媳妇。我家亦然，大哥在关外，二哥因为家境窘迫也不得不远走他乡。三哥已经成家，那么就剩下我了。

新房建起的那天，母亲在小院里烧水做饭，忙得不亦乐乎。然而，我家因此欠下不少债务。好像是冥冥中注定，但我觉得更多的是顺其自然，当新房收拾停当，我对母亲说我不去上学了。短暂的沉默之后，母亲既无责骂也无规劝，只说以后后悔怨不得别人。

我无怨。事情过去那么多年，我的脑海里只剩下一团一团的火，在土窑里燃烧。那火起先是一缕小小的火苗，摇曳着，寻觅着前进的方向，沿着砖坯亲吻、触摸、拥抱，而后化作一缕青烟飘荡在村庄上空。我能听见泥土裂变的声音、草籽噼啪开裂的声音，直至遍地的土黄渐变为火焰的红。那或许是一种启示，在泥土化陶的过程中，让人看见生命的一缕微光，因而站立，因而坚固，因而蜕变成坚硬的乡村骨骼。

机杼民间

一、孤独的乡村乐师

弹棉花是一门老手艺，几近消失。

弦子叔单身，在我刚记事的年纪他尚在乡村游走，执一柄木槌，背负一弓弦。北方多以自然生长的弯曲树木为材，取其弯曲之势，系一条柔韧的牛筋，便可走乡串户，弹尽天下冷暖。

雾气尚未散尽，弦子叔背负弓弦走在蜿蜒的乡村小道上，我在后面紧紧跟随。弦子叔爱唱，高兴时往往吼上一嗓子豫剧《刘墉下南京》："我的父治黄河百日整，只到如今没回京。威凛凛打坐刘相府，再叫刘安和张成，我命恁府门外牢牢把守，府门外有了事恁往里传禀。"木槌轻敲弓弦，竟然也一派豪情。

我是迷醉于弹棉那一刻的，就像痴迷于在缥缈的文字中游走。那些熟悉的旧时片段，那些熟悉的乡村情景，仿佛一伸手就能采撷下几枚的金币，从容散落在我所执着的乡村书写之中。老屋年深日久，深秋的阳光透过木格窗棂，弦子叔紧紧腰间的布带以沉丹田之气，而后伸前腿，屈右腿，腰如弯弓，目光便定在洁白的棉花上。木槌轻敲中，弹弓发出砰砰之声，像是一位孤独的民间乐师，在弹奏属于自己一个人的心曲。

木槌时快时慢，音符时长时短，弦子叔偶尔会挺直腰，看看飘落一地的棉，擦擦额头沁出的汗，继续投入漫长而舒缓的弹拨中。

心是衡量手艺的尺度。从前的时光缓慢，我们才有一份心情体味时间游走的温度，像一朵花从容绽放，从容凋零。而当下的脚步匆匆，所有景象都化为列车外飞速掠过的一片模糊。手与物之间的默契不再，物与心之间的交流不再，心与自然之间的沟通渐渐变为空无。需要伤感吗？这是一个悖论，就像弦子叔在干完手中的活计之后，顷刻间由劳作时的神色飞扬陷入无边的孤独。

弦子叔单身一生，曾经有人家相中了他的好手艺，坚持让他入赘，却不肯接纳他年迈的母亲，这事便不了了之。

弹棉花是织布的前期工作之一，就像写作之前，有必要清空私心杂念，把要叙述的章节厘清，一次次分化枝蔓上的细节。而后，以一根虚无的琴弦弹拨，清澈其本质。

由于机械大行其道，游走乡间的弹弓不得不孤单地被悬挂在房梁上。母亲坐在院子里纺棉，弦子叔拉起一把胡琴，幽幽怨怨，引淡然的月光从屋檐上滑落。那月光中有棉的轻软与柔和，亦有排遣不去的深切孤独。

北方有所寄

所有的转身都是祭奠，在我开启一段有关土布的书写时，寂寞的弹弓悄然老去。

二、黄道婆来过我们村

我怀疑"行云流水"这个词是为母亲而设的。月光在乡村流淌，母亲坐在院子里，母鸡扑上高高的枝头。那只大黄狗到院门口转了一圈，对着空荡荡的天空叫了几声，折回身，钻进低矮的狗窝里，去做一个有关油菜花田的美梦。

母亲纺棉，右手轻摇纺车，左手扯着棉线。一片小小的云朵，就成了农家日子的线索。沿着这根细细长长的线索，就找到了一个家的诞生之源。

我们家穷，但几乎找不到穷的理由。每个人似乎生下来就会干活，做家务，土里刨食，但依然这样穷着。穷人也要活命，也要吃饭，也要穿衣。幸好母亲和村里其他女子一样，早早就学会了纺棉、织布，这样我们才不至于挨饿受冻，不至于多一层现实生活中的窘迫。

初中历史书上，写到了黄道婆。我觉得我们村里的女人都是黄道婆的化身。

黄道婆十二三岁就被卖给别人家当童养媳。在几乎尚未认识这个世界的年岁，就离开亲人到了一个陌生的家庭。沉重的苦难摧残着黄道婆瘦小的身躯，她白天干活，晚上还要纺织到深夜。即便如此，也不能免遭公婆以及丈夫的虐待。有一次，遭受毒打后，她又被关在柴房不准吃饭，不准睡觉。

于是，她决定深夜出逃，另寻生路。

这是对生活的反抗，中国的纺织事业从此有了一个新的转折点。我在想，黄道婆出走的那天晚上，天上是不是有月，她接触的船家是否也是一位历经苦难的人，在听完她的倾诉之后，决心送受难人一程。由此，命运如一艘漂泊的小舟，一路颠簸到海南岛的崖州。

学习纺织是一个漫长的过程。村里的女子大多聪慧，在长辈的督导下，几乎都能掌握这桩事关个人命运的手艺。乡下人说媒，一说起女子的秉性，往往张嘴就是"做得一手好女红"。

淳朴热情的黎族同胞十分同情黄道婆，让她有了安身之所。并在共同的劳动生活中，将纺织手艺传授给她。所谓的民族融合，我以为就是彼此之间的信任与接纳，就是回归人的本性互通有无，天是一样的天，地是一样的地，水是一样的水，我们都是草木之间的同一物种，无分低贱与高贵。

历史书上的黄道婆已是婆婆的年纪，我在看她的图片时忽然间发觉她很像母亲，额头高高的，一脸的沧桑遮不住对生活的坦然与信心。母亲从未停止过劳作，即便后来不能也不需要再纺棉织布，也依然坚持在田野上游走，除草、放羊，做一些力所能及的事情。

我确信黄道婆曾经来过我们村，她化身为千万个勤劳的女子，散落乡村。她们学会了擀、弹、纺、织，学会了使用黄道婆和木匠改良之后的三锭棉纺车，甚至还学会了错纱、配色、综线等高端的织造技术。如今，当你走进鲁西南的某

北方有所寄

座村庄，会发现当年的家织布仍然留存在乡间，只不过换了一个更为高雅的名称：鲁西南织锦。

三、促织鸣，懒妇惊

"七月在野，八月在宇，九月在户，十月蟋蟀入我床下。"这是《诗经·豳风·七月》里的句子，表现了时间的流逝。时间溪水般流过乡野，流过我们居住的村庄。

说着说着就到了秋天，空荡荡的田野上，玉米秆数完了生长的节气，棉花的云朵已经被采摘入梦。一场呼啸的北风是季节的昭告，宣告寒冷即将来临。昨夜，蟋蟀爬上窗台，在月光下弹奏孤独的心曲。古语说"促织鸣，懒妇惊"，意思是说，蟋蟀一叫秋天就到了，没有做棉衣的懒媳妇该着急了。

我们村的女子一般不会有这种惊悸，她们从春天开始，就培育棉花秧苗，移栽，捉虫，打杈，田间管理，一直到棉花如云，与棉花定下契约——相约秋天一到，就开始纺棉织布。

关于植棉，由于涉及棉花的种植历史和太多与时代相关的细节，我会另外详细描述。采摘，无非是在宽广无际的田野上行行复行行。既无云端漫步的浪漫，也无田园如诗的抒情，摘一朵少一朵，将充实如匹练的家织土布，裁剪成我们身上的衣物。

印象中，纺棉之前要经过一道擀轧棉剂子的工序，棉花白白，月光白白，母亲取一根纤细的蜀黍梃子，撕下一片弹好的棉絮，放在面板上，搓搓成中空的棉筒，再随手抽出梃子。而后就用这些棉筒来抽引纺棉，纺出来的棉线细细长长，像是棉花也有无尽的思绪。

春节回家，没有母亲的家园寒冷孤苦，院子里长满荒草，仿若不久前母亲还在我们生活多年的院落里劳作。她坐在宁静的月光下，将棉絮喂进转动的纺车。纺车嘤咛，一如儿时的催眠曲。我们那时多是听着纺车声入眠的，母亲做完了一天的家务，搬出纺车，月光扯天扯地洒下来，流过瓦垄，流过母亲的鬓间。

而今，破旧的纺车被遗落在空荡荡的老屋里，窗外稀稀落落的鞭炮声提醒我们又过了一年，母亲已经离开我们十几个月了。我试图转动纺车，木轴腐朽，再也听不到那温暖的嘤咛。

母亲掌握了现实主义美学的基本法则，硬生生从一个什么也不懂的乡间少女，成了不为人世所知的我一个人的美学启蒙导师。

接下来是繁复的织造工艺，即便所纺之布仅作为家织土布，却一点不失各个环节承上启下、环环相扣的美学表达。鲁西南织锦，从采棉到上机织布，要经过大大小小七十二道工序，主要的工序除了上面所说的植棉、轧花、弹花、搓棉条、纺线，就是打线、浆线、拖线、落线、经线、刷线、作综、闯杼、掏综、吊机子、织布、了机，行云流水，宛若天成。

浆线的日子到了，我那时刚刚八九岁的年纪，母亲早早起来做饭，吃完饭就开始做浆洗线子的面浆。将上好的麦子粉和成面团，在水中一遍遍手抓、淘洗，在水的作用下，淀粉与面筋分离。我喜欢母亲做的面筋，后来思考为何总是很少吃到，才恍然惊觉，原来母亲从未为了吃面筋而浪费仅有的小麦面，只是在浆线的时候才会做一些。

扽线需要力道，我小小年纪尚不能做到最好。浆好的线子挂在老河滩的树上，滴滴答答淌水。母亲给我一根木棍，我将其伸进线圈里，一次一次用力往下扽，扽出来的面浆与水溅了我一脸。母亲和村里的女人站在一旁笑，说我这么能干，长大了一定娶个好媳妇。我那时尚不知媳妇为何物，只想母亲高兴就好，我会帮衬母亲打浆、扽线，直到再也做不动为止。

络子相当于王祯所记录的木棉拨车，《农书》附图，下有底盘，以便将拨车放置稳妥。旁边坐着一位妇人，一手喂线，一手轻轻拨动，让棉线缠绕在上面。我们村的络子更为精巧，以木开榫，做成四脚板凳状。中间有孔，横放在一根铁轴上，以木棍摇转，缠绕棉线，形成一束束纱绞。

经线的场面蔚为壮观，我们村一度流行一句土语"你看某某忙得像经线子"，意思就是经线时绕圈，人走的路最多，能把腿跑断。经线时要天气晴好，还要有几个年轻力壮的乡间女子，因为这是织布过程中极为重要的一道工序，布幅的宽窄、长短、花色、图案，都会在这一步形成定局，所以不能有半点马虎。经线前必须选择一处宽广的场地，比如老河滩上，将之前缠好的络子按照花色顺序一个个放好，再在两边地上插上两排经线橛，准备工作就绪，开始经线。

听母亲说，一场经线的工序下来，两个牵线的人要跑六十到八十里路。我惊讶于这样一次长跑，在乡村历史上，是我们的母亲扯着时间的线头，在经纬时光。每次抚摸母亲留下的那卷土布，我都能闻到母亲汗水的味道，听见母亲风一样的脚步声。

四、坚硬的鸡腿骨

漫长的农耕文明史也是一部织造技术的发展史，从我们的祖先茹毛饮血、穴居山洞的那天开始，这历史就已经在时空中悄然酝酿。

中国古代纺织技术的发展阶段，可以分为原始手工纺织时期和手工机器纺织时期。原始手工纺织时期从远古到公元前二十二世纪，人们利用纺坠纺纱，利用原始腰机织布；手工机器纺织时期从公元前二十一世纪持续到公元 1870 年。在手工机器纺织时期，中国古代劳动人民创造的竹笼机、大花楼机、多锭大纺车等都可代表当时世界纺织生产的最高水准。

南宋后期，一年生棉花的种植技术有了突破，棉花种植技术在全国广大地区逐渐普及。棉纺织生产迅速发展，到明代已超过麻纺织而占据主导地位。据《嘉祥县志》记载，清末民初"方圆几十县，织机二十万"。以嘉祥为例，三四户就有一台织布机，每户有两三架棉纺车。在相对闭塞的鲁西南农村，家织土布依然是当地人重要的收入来源。

每当夜晚来临，昏黄的灯光下就传来织布机咔嗒咔嗒的声音。母亲端坐在织布机上，载着年幼的我们，驶向时间的纵深。

"一妇不织，民有寒者"，一个妇女不织布，就会有受冻的人。从士人到平民，妻子都会给丈夫和孩子准备衣服，春社后操作其事，冬祭时献上布帛，表现差的受到惩罚。这是古代的言说，但也从一定层面肯定了织造的重要性。旧时，一个乡间女子不会织布缝纫，是会让人耻笑的。由此，大姐、二姐和三姐，每个人都继承了母亲纺棉织布的手艺。

现在有些城市女性以穿棉麻为风尚，那些经纬稀疏的布面，就是我们村的人当年常穿的衣物。看着别人穿着的确良衬衣，我那时常想，自己什么时候也能混上一件，走起路来衣服一鼓一鼓的，好像所谓的风度就在里面揣着。但我们家只有纯棉，母亲学着镇街上的裁缝，找人裁好，回来自己依样而做，用搪瓷缸熨烫的衣领和袖子，穿起来也挺像模像样。

母亲做得最多的是千层底的布鞋，穿着松软透气，既不出脚汗，也不生脚气。我们穿上棉布做的"千层底"，脚底生风，奔跑在无边的田野上，走遍祖国大地。

黄帝的元妃西陵氏嫘祖倡导养蚕，由此诞生了织造业，以制成祭天、祭祖庙的礼服。后来织机出现了。据记载，马钧是当时著名的能工巧匠，他对旧时的织机进行了加工改良，使其使用更为便捷。后来人们穿在身上的衣物，都是用以这种织机为原型的机械织出来的。

最早的织布机是踞织机（也叫"腰机"），它也是现代织布机的始祖。使用方法是以足踩织机经线木棍，右手持打纬木刀打紧纬线，左手投纬引线。后来经过生产实践，又逐步革新，成功创造了脚踏提综的斜织机。它的图像在汉代画像石上多次出现，已经极为接近我们家的织布机。母亲坐在织布机上，手脚并用，梭子在手中像一条自由的鱼儿，穿梭往来。

我们家很少吃鸡，每次吃，母亲都要把鸡腿骨插在墙缝里保存起来，我始终不明用意。直到有一天，我看见母亲将鸡腿骨插在卷布轴的一端，作为咬机橛，使其不能随意转动。

这是母亲的发明，在织布机千年的发展史上，谁会想到一根坚硬的鸡腿骨充当了某个重要的零部件，为抵御人世寒冷发挥了最后的光与热。

五、天上云，地上棉

我熟悉那些云一样的棉田，它们在秋天变得柔软而饱满。我在棉田中行走，感觉像漫步云端。我双臂张开，像一只自由的飞鸟，目标是虚无之地。

母亲和姐姐们眼中的棉花就是棉花，她们虽然有着与生俱来的洁白，却无一丝生活的浪漫。采棉季节，手指上紧紧缠上胶布，仍然不能躲避棉荚带来的伤害。它们会像尖利的芒刺刺入手指和手掌，有时会使手掌发炎，肿成面包状，用手一摁就是一个深深的印痕。

这是生活本身的悖论，棉在提供温暖的同时，也让人深深体会艰辛的滋味。如今，每到霜降时节，村里的喇叭就开始召唤去新疆的采棉人。年老的六十有几，年轻的二十几岁，他们背负行囊，坐上开往乌鲁木齐的火车，一到连队或村庄，就扎进一望无际的棉田。五婶也去过，一个人拖着长长的口袋在棉田中行走，双手翻飞，一天能采七十到一百公斤棉，采一斤挣八毛钱。中午，毒辣的阳光能榨出身体里的油。临近黄昏，采棉人又把脱下的衣物一件件穿上。五婶说："'早穿棉午穿纱，围着火炉吃西瓜'可不是说着玩儿的。"到了半夜，刺骨的冷风一直往被窝里钻，耗子往来穿梭。

据史料载，棉花种植最早出现在公元前的印度河流域。大约在九世纪时，摩尔人将棉花的种植方法传到了西班牙。中国至少在两千年以前就已采用棉纤维作为纺织原料。《梁书·高昌传》中记载，其地"多草木，草之果实如玺，玺中丝如细纑，名为白叠子。国人多取之织以为布"。其中所说的"白叠子"便是棉花的雏形，只不过当时的中原人尚未发现棉花的功用与价值，把其当作花草来观赏。

由此可见，棉花的云朵在漫长的时间里始终飘荡在世界的上空。随着农耕文明的发展，渐渐流传到各地，也顺风飘荡到我们的村庄。在我的印象中，我们家曾经拥有三片棉花的云朵，大概分为三个阶段。

第一个阶段是二十世纪八十年代初，土地刚刚开始承包到户，我也刚刚记事。那片地在村庄的东南角，是流水冲击而成的沙质土壤，瘠薄，形如刀把。家里分了一头牛，棉花收获之后，母亲会带领我们打扫战场般把棉花地清扫一遍，将浮土和棉叶收集起来，堆积在门口，像一座小小的山包。"山包"是用来垫牛圈的，混上牛的粪尿，就是所谓的土杂肥。试想，如此得来的肥料能有多少营养？所以采摘的新棉仅够做棉被、棉衣的用量，纺棉织布是不可能的。

第二个阶段是二十世纪九十年代，当时的植棉场景可以用如火如荼来形容。每个村的墙壁上都写着"多种一亩棉，多收五百元""要想富，多栽树；要想发，种棉花"。后来，人们看种植棉花无利可图，渐渐地越种越少，村里的大喇叭每天喊话"植棉就能提前进入小康""少打一亩营养钵，罚款五百元"。

每到交售皮棉的季节，棉站门口的人就排出二里多地。棉站里的工作人员虎着脸，一边大声训斥爬上棉垛的孩子，一边冲棉农大发脾气。眼看着一位老人佝偻着腰到了门口，验级员验过之后冷冷地说："水分太多，拉回去晒干再回来交售。"那位老人和验级员争执无果后默默转身，费了很大的劲将棉车拽出人群，结果肩上的袢带断了，棉车直接跌落沟底。

第三阶段，时间进入二十世纪末二十一世纪初，乡村里的年轻人已经开始陆陆续续出去打工。一个月的工钱能

北方有所寄

抵上一亩田的收入，没有人再相信植棉发财的神话，镇街上的棉站终于寿终正寝。

有棉花的日子，我们有衣可穿，有棉被可以御寒。母亲和姐姐用那些飘荡的云朵给一个家织出简单的纹理，编出简陋的生活图谱。

六、土布上的图腾

平原上村落密集，就像散落在大地上的星子。我们在村庄里生活，看惯了横平竖直的街道与田埂。家织土布继承了这样简单的构图，经是狭窄的胡同，是田埂，是村前的小河流水；纬是农闲时节，是村庄女子们忙碌的日子，是我们身上的棉布衣衫。

母亲在时，从木箱里拿出一匹乡间土布，说这是她最后织的布匹。我接过来，棉花的味道、时光的味道扑面而来。我一直不怎么喜欢土布，原因是质感稍硬，做贴身衣物时有粗糙之感。但棉布结实，粗糙的纹理能容下那些简陋贫寒的光阴。命运给了我们粗粝的生活，同时也给予了我们与棉麻织物相处的机会。那些在田野上生长的植物，一旦变成裹在身上御寒的衣，就能让我们瞬间融入自然万物之中，成为大地上朴素的一分子。

染土布所用的染料来自我们熟悉的土地。元明两代，地处黄河流域的鲁西南，棉花种植面积不断扩大，为纺纱织布提供了大量的优质原料。据《天工开物》记载，当时用于染

机杼民间　　　　　　　　　　　　　　　　　　083

色的植物有几十种，染料资源丰富，染色牢度强，色泽鲜艳，色谱也极为丰富，主要有大红、靛青和槐黄等多种。用色呈现出艳丽、端庄、大方的风格，富有装饰性。

随着时代的发展，家织土布渐渐退出生活的舞台。据我所知，土布的图案分为植物题材、动物题材等，源于生活又高于生活。其抽象程度不亚于梵高的油画，充分表达了我们对世界的认知、态度，以及人们在冗长的农耕时代对美好生活的向往。

植物题材的主要代表是山芋花图案。山芋就是生长在我们村南岗子上的地瓜，地瓜命贱，随便一截秧苗，插入泥土，过几天就能生枝发芽。地瓜也开花，花型似菊，花瓣细密，多层，每个花瓣都有褪晕效果，从根到尖梢，体现出了色彩渐变的游离质感。

这种图案主要用于被面，其色湛蓝，像是村庄上空的明媚蓝天；其间夹杂大红的纵横纹路，就像遥远的地平线，适合陪伴人做一场安然的田园之梦。

动物题材的主要是骨头节图案，源于古老的民俗。骨头节图案可以说是原始渔猎的一种遗存，流传在我们村，被形象地编织在家织土布上。在很多出土的陶器上，往往可见鱼纹、鸟纹和蛙纹图案，兽纹较多见的是猪纹、狗纹和鹿纹。

这是乡村对生灵的感恩与祭拜，从遥远的古村落中传来的鸡鸣犬吠，回响了千年。牛在田野上耕耘劳作，狗在院门口看家护院，憨厚的猪吃的是野菜糟糠，却为我们提供了前行的热能。每一种动物都具有灵性，朝夕相处中和村庄建立

北方有所寄

了相互依存的关系。

"八板齐"也是土布上比较经典的图案。处于黄河冲积平原的村庄，地势平坦，田野上阡陌纵横，大小河流交错。这种图案以平行的八组合斗纹代表耕地，纵横的经纬勾勒出四通八达的乡间小路。这与平原上的自然景象非常契合，使人见之有亲切感，充分体现了我们对土地的热爱。

在乡间小路上行走，风吹麦田，村庄像一艘巨大的方舟行驶在绿色的海面上。我们载着生灵与种子上路，我们经历风，经历雨，经历汹涌的波浪，驶向春暖花开的彼岸。尽管经历了太多风浪与颠簸，却矢志不渝。

"开不败"也是鲁西南织锦图案的一个典型代表，不仅仅局限于某一花纹，而是对花卉的抽象表达。就如梵高画笔下的向日葵，色彩饱满，有流动的质感，让人在平凡的生活中依然充满对美好的渴盼。而其中最为典型的就是石榴籽图案，这是家织土布中表现生殖崇拜的图腾。古人称石榴"千房同膜，千子如一"，象征着多子多福。

每一座村庄都是一座小小的蚂蚁城堡，我们谙熟了这样平静的生活，奔跑在村里村外，用坚硬的骨骼和丰满的血肉支撑起村庄的希望与念想。田野上有饱满的谷物，村庄里有我们血浓于水的父母与兄妹。一张绣着"开不败"的石榴籽图案的被单，就是生养我们的田野与大地的化身，我们生，我们死，我们最后化作一粒小小的尘埃，终将归依泥土博大的胸怀。

七、布衣之暖

孤单的织机端坐在大地中央，从来处来，到去处去，坦然面对日月。

我家的那台老式织布机是外祖父给母亲陪送的嫁妆，他放倒河堤上的一棵百年老槐树，削削砍砍，做成一架简陋却始终活着的织布机。在这台织布机上，母亲度过了她饱满的青春、忙碌的盛年，又亲手把织布的手艺传给姐姐。每当我听见咔嗒咔嗒的织布声响起，往往已经夜深，昏黄的灯光将一个端坐的身影投在土墙上，犹如慈悲的观世音端坐在逐水而生的莲花之上。

这是一个不能忽视的意象，就像特朗斯特罗姆在《树和天空》中自由的转换。每一位乡间母亲都有慈悲心肠，用血肉之躯带我们走过曾经的苦难，而后伴随一架老式织布机悄然老去。

在《机赋》中，王逸将一架织布机奉为连通日月精华的神物。木是衡山上的孤桐，有"仪凤晨鸣翔其上"，是南岳山上的香樟，"结灵根于盘石"，灵兽邀约相聚于此。想那匠人，必是上苍派遣的天工，"逾五岭，越九冈，斩伐剖析，拟度短长"。

夏至战国时期，随着织造技术的不断发展，鲁西南织机的结构也更趋完整。在《列女传·鲁季敬姜》中有翔实的描述："治国之要，尽在经矣。夫幅者，所以正曲枉也，不可不强，故幅可以为将……持交而不失，出入不绝者，捆（引纬与打纬的工具）也。"以织布形象地说明了治理国家的要略，与"治大国若烹小鲜"有异曲同工之妙。

这说明当时的鲁国，现在的鲁西南，在战国时期的织造工艺已经非常先进。根据这段描述而复原的织机，便是我们村的织布机了，后来被称为"鲁机"。

古代平民不能衣锦绣，故称"布衣"。《荀子·大略》载："古之贤人，贱为布衣，贫为匹夫。"如此说来，布衣一词暗含谦卑与美好之意。我们在黄土地上诞生，身穿母亲织出的土布衣衫，穿梭在草木的丛林中，滴露为饮，静听草间虫鸣，与枝间黄雀对语，倏忽间过完简单的一生。

这没什么不好，就如此时的我像母亲那样坐在乡村的灯光下，编织属于自己的故事。飘忽的情感起伏，像长长的经线；心中若隐若现的少年梦，像一把自由的枣木梭。穿梭往来的，是连绵不断的纬线。如此，织成一匹其纹水样波动、其色靛青的家织土布，书写于洁白的纸张。我知道，有关乡村的太多事物正在渐行渐远，如不适时打捞，将真的逐水而去。未来的未来，我们只能在博物馆瞻仰那些时间的碎片，空留叹息。

与布衣相对的词语是"丝绸"，曾经只供皇帝和亲王大臣们使用。2014 年 12 月，当我走进江宁织造博物馆，首先就是去寻找当年的织机，还有织工们辛苦劳作的场景。墙上的屏幕闪烁，在重复播放着织布工艺的细节与程式。橱窗中的华贵织物，尽显豪门望族极奢侈之能事。我想要回溯的细节遍寻不见，那些织工生活与劳作的场景，再也无法复原。

有关江宁织造的说法，是江宁织造多由受皇帝信任的内务大臣担任，机构称为"江宁织造部院"。其地位仅次于两江总督，因为能直接向清政府提供江南地区的各种情报，所以权势极盛。尽管如此，其中的曹雪芹家族遗迹，还是呈现出一个家族由官宦到布衣的坠落轨迹，不过是都云作者痴，"布"解其中味。

我喜欢在晾晒之后的布匹中穿梭，母亲们将织好的土布悬挂在老河滩上，有红，有绿，有一如老瓦的靛蓝，宛若雨后彩虹。浆水的清香尚未散尽，穿过田野的风将布鼓起，若帆影幢幢。此时的村庄，难道不是一艘载满草木与生灵的方舟吗？这方舟载着身着布衣的我们，驶向时间的纵深。

八、枣木梭，化鱼龙而去

我还是不能绕过织布前那些烦琐的工序，就像一篇已然展开的叙述文，不能绕过某些微妙的细节。

母亲用一片小小的竹篾，把经线按照顺序一根根分离，然后全部插入杼中，以防经线纠结。这时的经线已经具备纵纹的雏形，白色、靛青或者深蓝，依次排开，像一条长长的虹。

而后刷线，将闯杼后的经线一根根厘清，你是你，我是我，平行无交集。深究起来，我们村的刷线工序，与《农政全书》里的轴架式整经非常相似。二姐、三姐在前，母亲转动圣花（卷经线或者卷布的圆筒状工具），二姐左手拿一把木梳轻轻梳理，三姐把丝绺整理排列，卷绕到一定程度，打结。

接下来穿综，穿综的方式与方法决定了图案的变化规律，等同于马克思主义哲学中的物质决定意识。母亲用综把经线一根根分开，根据图案的不同，把经线穿进缯柱上一个个不同的缯片圆环。这是一个尤为复杂的工序，母亲往往耗费很长时间，才直起腰来，说："等明天吧，吊机子，吊缯，上机织布。"

漫长的织布程序开始，也就到了梭子登场的时刻。木梭是织布机的灵魂，在乡村母亲的手中穿梭往来，把时间从虚无转化为真实。我喜欢这样的时刻，母亲端坐在织布机上，脚踩踏板，一手轻扳杼板，咔嗒一声的间隙中，润滑的木梭穿过交错的经线。

《农书》上的梭子呈纺锤形，中间有一圆孔，大概是放置纬线的地方。而我们家的木梭不是，与一尾鱼极为相似。流经村庄的时间澄明，一座座沉浸在夕阳下的老屋，就是一个个在水底蠕动的蚌。它们努力潜行，以期在时光缓慢的流淌中到达彼岸。尽管在这漫长的行程中，会有激流涌动，会有粗粝的泥沙进入蚌壳——但这是形成珍珠的必要条件。一层层日精月华的凝结，一滴滴泪水与血水的沉积，为的就是在某一天黎明发散出旭日般的光辉。

用于缠卷纬线的是小小的芦苇，状如手指，来自村前的老河滩上。那是一片自然生长的芦苇滩，多少年始终青绿绵延。初春露出尖嫩的芦芽，夏日长成茂密的芦苇丛林，秋日开满飞扬的荻花。我对芦苇的感情，来自一根小小的芦笛，在一截芦苇上开几个小小的圆孔，就能吹奏出黄鹂的脆鸣。

用来做木梭的材料来自门前的一株歪脖子枣树，它在我们家生长了许多年，旁逸出一根长长的树杈。父亲把树杈砍下来，取其根部，做成一只圆润的木梭。那株枣树开出米黄色的小花，嗡嗡嘤嘤的蜜蜂飞来，散落的花香在院子里弥漫。那把枣木梭子在母亲的手中游弋，有枣的清甜，有淡淡的木香。梭子从母亲传到二姐、三姐的手中，织就我们家的烟火岁月。

据南朝刘敬叔《异苑》载，陶侃小时候，有一天去湖边捕鱼。从清晨到傍晚，日光转移，每一次都满怀希望撒下渔网，每一次都劳而无功。失望的陶侃一屁股坐在草地上，一边淡而无味地嚼着窝窝头，一边想怎么回去向母亲交差。夕阳落下，巨大的光柱像一条铺满金光的长路，陶侃决定撒下最后一网。

事情的结局是，年少的陶侃最后网上来一把木梭，其纹细腻，其色润泽。他拿回家交给母亲，悬挂在墙壁上。

"有顷雷雨，（梭）自化为龙而去。"也许这是一把木梭最好的归宿。一条沉潜的龙，沿着夕阳的金色光柱游弋，而后戏谑般化为一把小小的木梭，钻进少年陶侃的渔网之中，以安慰一颗失落的心灵。

我曾与一把枣木梭相遇，在多年之后的今天，又看见它化龙飞去。需要追忆，还是借助一架老式织布机长长的诉说，重温那些旧年时光？有一点是毋庸置疑的，枣木梭就如飘摇在老河滩上的那些彩虹般的家织土布，曾经伴我度过温馨的乡村流年。

北方有所寄

梧桐清音

桐，布衣秀士

梧桐站在我们村的田野上，像是从古典章节里走来的布衣秀士。树皮青色，等同于梧桐的青色长袍。我们小时候欺负梧桐（当然是欺负小的梧桐树苗，恃强凌弱好像是我们骨子里的天性，每每萌生，不计后果，不知羞耻），用骨节尚不结实的小小拳头，比赛谁能把梧桐树打出泪来。手硌得生疼，我相信小小的桐树苗更疼，汩汩，青皮上的汁液如泪般汹涌而出。梧桐树有自动疗伤的能力，伤口没多久就愈合了，留下的青色疤痕像是它的眼睛。梧桐看着我们上学、放学，看着我们像一群无人放养的羊羔。

我三哥从部队退伍归来，想在乡村干一番大事——养鸡。天热，雏鸡受了惊吓，挤在墙角叠罗汉，结果全部死光，大家吃了一顿炖乳鸡。种菜，行情不好，种出的辣椒无人问津，倒进村前的小河里。后来想想，反正有的是土地，干脆响应号召，栽种梧桐树。

那时距离焦裕禄在兰考没多少年，正在号召全民栽种梧桐树。一个人在一个地方，只待了475天，就将一种精神植下，根深叶茂。如今，焦裕禄号召种植的梧桐树在兰考仍然是推动经济发展的力量之一，不知为广大兰考人民带来了多少收益。我三哥栽种梧桐树苗到底是成功了，恰值县里桐粮间作的口号喊得如火如荼，这样销路就不成问题了，从此算是给我三哥树立了扎根乡村的信心。

其实称梧桐为布衣秀士，并不是我的发明，魏晋时期就有夏侯湛做了一篇《桐赋》，曰："有南国之陋寝，植嘉桐乎前庭。"那时的梧桐树作为魏晋风度的代表，常常伫立在书生们的书房前，青碧如盖，遮挡着来自当权者烈日般的炙烤，荫蔽着书生们闲暇自由的光阴。到了傍晚，一轮残阳挂在屋檐上，听嵇康与向秀打铁的声音，火花四溅，一如思想的火花飞迸。于是南朝谢朓作了《游东堂咏桐》，其中有"孤桐北窗外，高枝百尺余。叶生既婀娜，叶落更扶疏"的诗句，一如我们村的梧桐——叶生婀娜，叶落扶疏；听鸡鸣骤起，呼报着更次；看一只忠诚的土狗悄悄钻出墙洞，在村庄周围巡逻，为这个简朴的村落恪尽职守。

与魏晋时期的清雅不同，我们村栽植梧桐树的理由无非是发展经济，给腰间瘪瘪的口袋一个鼓起来的理由。"要想富，少生孩子多种树"，这是一段时期乡村土墙上最为醒目的标语，我想其中大部分指的应该是梧桐树。

我家孩子多，所以盖的房子就多。盖的房子多，所以破破烂烂的院落就多。院子破烂了不怕，父亲瘸着腿领着我们把三哥种的稍差的梧桐树苗移栽在自家院落里，后来一律长成了参天梧桐。参天这个词虽然听着有点大，但我相信除了形状之外，还应该具有某种灵性方面的特指。在清贫的乡间，每一株植物都有问天的秉性——把握天气，参悟生命数理，夜看星象，听无名草虫无意中泄露天机。

这是村庄里的梧桐树，日日夜夜和村人居住在一起，清晨撩起雾的面纱，夜晚轻弹指尖，洒落漫天露水。相比，还是田野上的梧桐更显大气，就像一个读书多年的人，终有一天走出家门，身穿青色长袍，伴着那风撩起的书香在田野上自由奔跑，那雨坠落的词语串成诗的珠链，一往情深。

桐，麦田的守望者

我其实是该道一声谢的，代表我们一家人向田野上的梧桐树深鞠一躬，感谢梧桐陪伴度过清贫的光阴，不知桐树君能否领情。

节气在田野上奔跑，我走在田埂上更像一个不起眼的小小的野物。去年刚栽下的梧桐树苗，在一阵春风中挺起腰杆，好像孤单地生在世上并没有什么可怕，好像清贫不过是生命历程中不可或缺的章节。没什么可怕，你看一株小小的梧桐树苗不也在春风春雨中昂起头来，面对这广袤的原野？

母亲是有所想的。大哥、二哥为了生计远离家乡，都到遥远的东北做了一棵流浪的树；三哥也有了自己的家庭，尽管最初有过坎坷，还是把日子过得风生水起。只剩下我们仨了，从二姐、三姐看我背起书包的眼神中，我能读懂一份无奈与遗憾，这看似注定的命运，其实蕴含了很多亲人之间的包容与忍让。很多年后，她们说起我上学的事，仍然只是不自然地笑着一笔带过。

我不能，我把书包挂在梧桐树的枝丫上，坐在田埂上读书，草虫的唧啾声中有词语露珠般滑落。我看见梧桐的叶片更大了，像一叶清荷，这无边的田野就是一泓湖水，这连天的麦田就是起伏的波浪。

是天注定，注定我将成为孤独的麦田守望者，像一株梧桐树青碧着枝叶，伫立在田间。没有辍学之后的捶胸顿足，我知道，既然生而为人就需要面对生活的失意与落魄。后来的很多年，我想象过，如果我真的学有所成，会不会是这般模样：思考了千万遍才下定决心回到这个依然在困顿中挣扎的村庄看看，穿着锃亮的皮鞋，因汽车在乡间土路沾满了灰尘而烦躁，一边是时尚的妻小心翼翼怕高跟鞋崴在泥土里，一边是孩子面对斑驳土墙一脸的鄙夷……生活没有设计，也没有假设，在我面对一株高大清秀的梧桐树时，忽然理解了月白风清的含义。

《齐民要术》中说："青桐，九月收子。二三月中，作一步园畦种之。白桐无子，成树之后，任为乐器。"又说："青白二桐，并堪车板，盘合，木屐等用。"听着就像在说生在乡间的弟兄俩，一个叫青，一个叫白，清清白白，箪食瓢饮，并不奢求什么，只是贡献出自己的所有。

我家麦田里的梧桐树，后来父亲做主将一部分给二哥盖了一座房屋，粗大坚实的房梁，直挺的木檩……盖完后，父亲和母亲终于可以站在乡亲面前说，我们的任务完成了，这样的一生算是结局完满。

另有一大部分做了二姐和三姐的嫁妆。我们村最好的木匠六爷一边将铅笔别在耳朵上，一边与母亲商议做成三组还是五组组合家具。木花在六爷的手中绽放，薄薄的一层像是时光制作的书签，每一张书签都记录着这个家庭的欢乐与苦难，也写着二姐与三姐羞怯的欢喜。木香在日光中弥漫，仿佛一件事物的生成冥冥中充满玄机。一株梧桐的生长与剖解，从流泪到化成薄薄的板材，又巧妙组合成日常生活中不可或缺的器物，是生命与光阴结下的契约。

过了许多年，当我抚摸着那些细密的纹理，依然能听见虫鸣喞啾。月光从梧桐树的枝叶间流淌，一如琴弦的颤音，在诉说那些简白的光阴。

桐，焦尾清音

在大面积栽种梧桐的年代，我们村到处是梧桐树身穿青色长袍的身影。清亮的日光下，仿佛每一株梧桐树都会走动，从初秋的第一片叶子落下，到夏日青碧如盖。最可欢喜的是春天，柳絮飘飞，一如漫天纷纷扬扬的雪花。这时的麦子刚好拔节，梧桐树上开满了淡紫色的花朵，一串串，像集结在一起的微型萨克斯，舒舒缓缓吹起《回家》的旋律。我想，凯丽金的故乡也会在春天开满桐花吧，一个人走在异乡的街道上，不由心生回家的念想。"桐花万里路，连朝语不息"，就这样，一首蕴含古典章节的乐曲由此诞生。

我们村里家家都有木匠，大人小孩一度都能拿起斧子、锯子，做一些简单的木匠活儿。那时汽车还是稀罕物件，经常天一擦黑，村外的土路上响起汽车的喇叭声，我们就围着汽车看，木匠人家把一块块剖解好的梧桐板材装上车。据说，是要运到外地制作乐器，主要是琴。

传说琴的发明者是伏羲氏。梧桐是集造化精气的神树，可制演奏雅乐的乐器。对于梧桐树的选择，伏羲氏近乎苛刻，必须要用高达三丈三尺的梧桐，象征三十三天之数理。截为三段，意思是天地人三才。其上，声太清，过轻所以弃之不用。取根部，则太浊，过重也弃之不用。唯独取其中，清浊相济，轻重相兼。

这样想来，我们村的梧桐大多不能为琴所用。那些被琴抛弃的梧桐板材，有自己的出路：做妆奁，要出嫁的姑娘会脸颊绯红地看着镜子里的自己发呆；做门板，挡住猎猎的寒风，遮蔽节气带来的冷寒；更可裁为床板，在星光满天的梦里守望故园，看如花的儿女一个个长大成人。

说起琴来，就免不得提起传说中的"四大名琴"。晋傅玄在《琴赋》序中说："齐桓公有鸣琴曰号钟，楚庄有鸣琴曰绕梁，中世司马相如有绿绮，蔡邕有焦尾，皆名器也。"此中可看出梧桐树的功绩。

先是"焦尾"。说是某一天蔡邕在浙江一带的某个人家小坐，主人在厨房里给客人做饭。忽然厨房里传来清脆的爆裂声，蔡邕不由得起身去看个究竟，原来是灶膛里的一段梧桐木发出的声响。这个音乐天才一把将梧桐木抢了出来，制成一把琴，名"焦尾"。

"焦尾"一词听起来不怎么体面，可能世间珍贵的东西只有在不经意间才能出现，就如文学家的灵感。呆坐了多日也想不出个头绪，满地都是丢弃的废纸，撕扯着头发，怀疑自己这辈子可能就只能是一个平庸的写字匠，一生也成不了所谓的大师。只是偶尔，一只蝴蝶飞过窗前，灯影中灵感若隐若现，这就是了，兴由心发，洋洋洒洒，遂成名篇。

另有"绿绮"，这个名字听起来绿意盎然，原本是梁王的一把名琴。司马相如的文章好，不知是附庸风雅还是别有企图，梁王要司马相如作了一篇《如玉赋》。梁王一高兴就把心爱之物"绿绮"送给了司马相如，琴内有铭文"桐梓合精"，暗合了下面这段爱情传奇——琴挑文君。

有一次司马相如去拜访朋友，卓王孙也就是卓文君的父亲设宴款待。酒兴正酣，有人说，听说您"绿绮"弹得好，不是吹牛吧。司马相如早就听说卓文君才华出众，精通琴艺，且对自己亦有仰慕之心，所以就顺水推舟，弹起了琴歌《凤求凰》。果然有心人天不负，躲在屏风后的文君姑娘直听得脸红耳热，小兔子在心里直跳，晚上便直奔相如住所。

再者是"号钟"，算是琴里面的鼻祖。传说此琴声音洪亮，犹如钟声激荡，号角长鸣，类似我们村牛的"哞哞"声，对着长长的田埂，一声天地远，两声万古清。高山流水遇知音的故事里，应该就是这把"号钟"琴，穿越高山与溪流，使伯牙与子期两位性情中人蓦然相遇。后来此琴传到齐桓公手上，他令部下吹起牛角唱歌助兴，自己则弹奏"号钟"与之呼应。牛角声声，歌声凄切，两旁的侍者无不泪流满面。

而后是有余音绕梁之说的"绕梁"，直接由此琴生成了一个成语，口口相传。说是一位叫华元的人将"绕梁"送给楚庄王，楚庄王喜爱此琴，竟然陶醉于琴声，七天不事早朝。这还了得，王后樊姬苦口婆心地说教："君王呐，您太沉溺于音乐了，这不是什么好事情。夏桀因为宠爱妹喜，招致杀身之祸；纣王因为喜听靡靡之音，丧失社稷。现在，君王如此喜爱'绕梁'，七日不事早朝，难道您不怕失去国家和性命吗？"还别说，倒是这番说教一语惊醒梦中人，陷入沉思的楚庄王只得命手下砸坏了"绕梁"，从此勤于朝政。

自此，世间再无"绕梁"音。

这是有关梧桐的音乐神话，我们村的梧桐树听了应该也有所悟。相较而言，名琴如阳春白雪，我们村的梧桐树则如下里巴人。下里巴人有下里巴人的素朴日月，只需轻轻一翻，便能看见时光深处的光影。

桐，大雅与大俗

有关梧桐树栖息凤凰的说法，来自古老的文学作品《诗经》，《诗经·大雅·卷阿》中有句子"凤凰鸣矣，于彼高岗。梧桐生矣，于彼朝阳"，气质高雅的凤与凰在高岗的上空和鸣，恰似一曲多情的和弦。在那高高的山岗上，有青碧的梧桐，枝叶繁茂，朝霞似火，操琴者也许是一位蛰居民间的雅士，也许是一位在水一方的佳人，指尖轻弹，流露出的是一曲缠绵舒缓的《凤求凰》。

这样的场景说来太过深雅，我们村的梧桐树也许听不懂如此阳春白雪的表达。在胡兰成的《山河岁月》里，梧桐只是作为一种素朴的意象。一如远行他乡的我们，在寂寞与孤独无以复加的时刻，想起了我们的"胡村"，故乡里的灼灼桃花，小溪畔的"唪唪"捣衣声，母亲身披朝霞站在一树桐花下，以清澈目光铺就的长路迎接归来的我们。

这里有必要说起有关梧桐的一种疾病，就像说到一个人时不能使其完全以高大全的形象出现。栽种梧桐树起初的几年还好，我们把叶片一如清荷的桐树苗移栽到麦田，到底是播种谷物的土地，肥水丰足，梧桐不出三四年就能长到碗口粗细。后来梧桐树越种越多，每到春天真的是桐花万里，直到如今我还常做梧桐开花的梦：我在无边的麦田里奔跑，跑着跑着身体离开地面，到处是桐花的紫，到处是桐花弥漫的清甜，身边紫色的云朵一如一双双透明的翅膀，飞翔在故乡田野的上空。

梧桐树枝间生出鸟巢状的凌乱枝叶，比正常的叶片要小，树枝也是横七竖八，老祖母说那是老鸹窝。我质疑地看着老祖母，说看了许久连一只老鸹也没看见，倒是有几只鸠占鹊巢的斑鸠进进出出。没多久孵出两只小斑鸠，在枝叶间嗷嗷待哺。

这让我想起晋朝时傅咸的《梧桐赋》，里面述说了门前列行植梧桐树招引凤凰的盛况："美诗人之攸贵兮，览梧桐乎朝阳。……郁株列而成行，夹二门以骈罗，作馆宇之表章。停公子之龙驾，息旅人之肩行。瞻华实之离离，想仪凤之来翔。"高大的梧桐树在庭前枝叶青碧，凤凰展翅从万道朝霞里缓缓飞来，且不管是不是真的凤凰来仪，是不是给清贫的乡村岁月带来了祥瑞，单是那种美妙的意象就能使人沉醉。

到底是没有见过凤凰的一片羽毛，我们村的梧桐树只是孤零零长在麦浪起伏的田间。树苗长成了小树，小树长成了大树，做门板、床板、房梁、木檩、家具，乃至做成一口黑漆漆的棺椁，停放在二大爷家的厢房里。二大爷说了："梧桐树，透气，人在里面省得憋闷。"想想东想想西，想想这漫长的前生今世到底做过什么样的大事情，可以躺在松软透气的梧桐木棺椁里慢慢回忆。

这是叙述的矛盾，在写下凤凰来仪时我的眼前闪现的仍然是故乡的贫瘠，那种简单的底色，黄土黄、麦苗青、梧桐绿。但我不能停止，就如一株正值盛年的梧桐树，无论如何，血肉中的年轮还在一轮轮生长。

又有一种镜像，空旷的秋日原野，梧桐树上垂落一个个小小的黑色布袋，一如节气里的标点。走到此时，桐叶已泛黄，翩然飞落。在老祖母的眼里，那些黑黑的布袋是一个个小小的谶语，每一个都代表一个缢死的冤魂，听来让人毛骨悚然。我这里不妨做一种学究式的解读：

布袋虫，南方也叫"皮皮虫"，北方民间俗称"吊死鬼"，我想这也是老祖母之所以说到冤魂的原因。《尔雅》中则称其为"缢女"，注释说："小黑虫，赤头，喜自经死，故曰缢女。"《说文》曰："蜆，缢女也。"《六书故》引《说文》蜀本曰："蜆为蝶也。"《御览·九百四十八》引孙炎曰："小黑虫，赤头，三辅谓之缢女。此虫多，民多缢死。"又引《异苑》云："蜆长寸许，头赤身黑，恒吐丝自悬。按今此虫吐丝自裹，望如披蓑，形似自悬，而非真死。旧说殊未了也。"《尔雅翼》云："有虫半寸以来周围，植以自裹，行责负以自随，亦化蛹其中，俗呼避债虫。罗愿说此于蚍蜉下，不知此乃蜆，缢女也。"

如此看来，布袋虫不过是有关梧桐树的乡间草虫之一种，只是被诸如我老祖母一类的人假民间文学的表达方式，半真半假，做了一次宿命论的延伸。

桐，一叶知秋

从春到秋，我们村的梧桐一直保持一种贞静的姿态，一如处子。草长莺飞，雁行阵阵，好像都与一株寂寞的梧桐无关。我能想起最美好的事情，就是和一位心仪的乡间女孩，手中都擎着一枚如青色油纸伞的梧桐树叶在田埂上奔跑，跑着跑着花开了，跑着跑着云散了，跑着跑着到了盛年。

盛年的梧桐树，有一种君子的威仪，也更有了一种生命的层次感，所以古往今来，风流雅士不知留下了多少有关梧桐的诗词。

古代传说中，对梧桐与凤凰有着大致相同的解释。梧是雄树，而桐是雌树，梧桐同生同老，生死与共。唐代孟郊有《烈女操》："梧桐相待老，鸳鸯会双死。贞妇贵殉夫，舍生亦如此。"他表达的便是这层意思，也为《孔雀东南飞》主人公焦仲卿与刘兰芝的殉情作了注脚。

温庭筠在《更漏子》中云："梧桐树，三更雨，不道离情正苦。一叶叶，一声声，空阶滴到明。"梧桐被附上了一种更深的离愁。宽阔的庭院里，三更雨淅淅沥沥地下着，一叶叶，一声声，犹如诉说不尽的离别愁情，让人难以自抑。只能任凭惆怅的诗行在夜色中的梧桐树叶上疾疾书写。

我去苏州拙政园，有梧竹幽居亭一处，建筑风格独特，中部有池塘，塘中荷叶田田，水中游鱼翩然来去。此亭的外围是曲折的廊道，红柱白墙，飞檐翘角。亭中有美人靠，人坐在上面视野极佳，可看见高大的梧桐树。浓密的树荫罩在水面上，亦有苍翠的幽竹，风吹竹叶沙沙，像散落的絮语。其实按其来历应该叫作"梧竹幽居"，据说是吴语"吾足安居"的谐音，意思是如果有这么一座幽静的亭园，就足以安然度日。

而我却觉得拗口，不如我们村的梧桐树来得畅快大气。想想，在满眼青绿的田野上，一座简陋的茅屋，一个篱笆青青的庭院，几棵高大的梧桐树。不管能否引来和鸣的凤凰，便是在滴答的雨声里，捧一卷史册，听一曲田野间的虫鸟大合唱，也能在骨子里透着那么一种舒畅。

徐再思《水仙子·夜雨》中的"一声梧叶一声秋，一点芭蕉一点愁"说的应该是深秋的场景，这暗合了老祖母的梧桐树能"知闰""知秋"的说法。老祖母说，梧桐树的每个枝条上，平年有十二片叶子，一边六片；而在闰年，每一根梧桐树枝上都会多生出一片叶。后来虽然多次考证，但除了偶有巧合，我并没有发现这种神奇的自然规律。梧桐知秋却是一种不可改变的物候和规律，"梧桐一叶落，天下皆知秋"，又有诗意，又顺应了流转的节气。

就如当下，寂静的深夜，当我写下这篇有关梧桐的乡村简史时，窗外的秋雨正从屋檐上落下。我仿佛看见一片飘零的梧桐树叶，在风雨中翩然而落，重归于脚下的泥土，重归于故乡的纹理。一树清音，律动简朴而深邃的岁月。

菽：豆的绿野仙踪

一、燔火之野

似在等待一个字，一个简单的词语，似朝露在掌心慢慢化开，沿着时光生成的掌纹流进血脉。菽，打开一扇窗，面对田野。植物中，再没有比菽更有将军风范的，可以撒豆成兵。重小豆、白豆、刺豆、矩豆、黄落豆、御豆、杨豆、胡豆，这是《广志》里撒出来的豆，也是对豆最早的解释。以至于后来的白豆、黄豆、绿豆、红小豆、杷豆、豇豆、青豆难以对号入座。就如当下的乡村孩子，从村庄到城市，一转身把原本的名字改换成洋文，听着是好听，却总觉得少了点什么。

《广志》里的黄落豆，我想应该是黄豆，在平原大地，黄豆自是不算新奇。秋日最好，天高云淡，望断南飞雁，这时大地上的植物进入收获期，三三两两，有人在收玉米，有人在割芝麻，有人裹了头巾，高高挥起洋镐，收获饱满如乳房的红薯。年岁小，我们帮大人做不了什么，但并不妨碍快

北方有所寄

乐的小火苗在我们眼中突突燃烧。火，在一方土地上燃起。古时的燔火，想必也是如此。为了庆祝丰收，为了感谢神灵，燔火燃起，先民们围在一起，且歌且舞，以原始的方式表达对大地的感恩。

对于我们，快乐才是主题，引燃燔火不过是为了满足肚子里的馋虫，迫不及待地分享田野带来的谷物之香。烧红薯是个体力活，用铲子掏出一口地灶，用几个土块垒砌，柴枝在下面燃烧，红薯的香气在上面升腾。不过时间太长，超出了我们忍耐的极限。落尽叶子的黄豆显得有些孤苦伶仃，稀稀落落。烧红薯不适合用硬火，落了一地的黄豆叶是最好的烧柴，将其聚拢在一起，拔几根黄荚的豆秧架在火上。刚开始，软软的火焰是豆叶在燃烧，火殃及豆秆时才噼啪作响，炸裂声有些沉闷。在繁复重叠的啪啪声过去后，我们毫不吝啬地动用了打着补丁的小汗衫，一边扇，一边躲闪着飞溅的星星之火。

化为灰烬过后是重生，这话对于炸熟的豆子来说未尝不适用。从金黄烧至微醺的红，不啻一种重生。香，比酒香，比花香，比乳香，比天上的云彩、水中的游鱼还要香，落于齿颊间，香入骨髓中。以至于多年以后，你问我什么最香，我会脱口而出"烧黄豆"，念念不忘。要野地里的野火，要田野上刚成熟的黄豆，要一件打满补丁的小汗衫……

豆田如墨，乡野间的草最是蓬勃。无论人世如何动荡，无论帝都如何奢华，大地总是呈现出蓬勃的生机。植物如何

菽：豆的绿野仙踪

保持最好的妆容？尽管也会老去，尽管也会将籽实遗落风中，但等春燕归巢，万物苏醒，又一次蓬蓬勃勃、热热烈烈，投入流转千年的逝水年华。

或许，我们很难再一次返回田野，再一次站在大地的中央，在十月燔火，只为等待一颗小小的黄豆在火焰中炸开，香飘原野。但无妨，我们可以手拈一枚黄豆，对映日月，在一粒谷物中寻觅赖以依靠的家园。

二、塘水豆腐

首先醒来的是雾，或者说雾一夜未曾合眼。雾从蜿蜒的小河里爬上来，沿着低洼不平的乡路，走过沉寂的石板小桥，涌进村庄。打破雾色的必是一缕悠长的梆声，卖豆腐的水淋淋的吆喝声传来，将雾击退在河湾。

燕四爷做了半辈子豆腐，卖豆腐的吆喝声在村里飘荡了半辈子。木门吱呀，有人正端着一瓢黄豆在门口等，燕四爷的豆腐挑子就颤颤悠悠晃了过来。嫩豆腐鲜滑，色泽白润如玉，可入汤，可凉拌，可清炒。这说的是南方豆腐，若吴侬软语，轻盈，质地柔软，舌尖一抿便在齿颊间化开。而北豆腐粗糙，也叫"老豆腐"，浓香，偏黄，适合涮锅，煎炸烹炒。若北人性情，豪爽，不拘小节，凡事讲究一个性情通透。

燕四爷的豆腐不软不硬，调和南北风情，做汤柔嫩鲜滑，煎炒亦无滞口。豆腐挑子撂下，梆声即停。有孩子站在

北方有所寄

燕四爷的豆腐挑子前，燕四爷也不吝啬，切一小块豆腐塞进他嘴里，保证他三五分钟舍不得下咽。我也曾是这些孩子中的一个馋虫。我小时肤色较白，燕四爷便打趣说是吃他做的豆腐之故。我羞涩地躲在母亲身后，将豆腐放于掌心，晨雾在指尖缠绕，豆腐的热气尚未散失，若一块通灵的宝玉，润白的光芒闪烁其中。

《本草纲目》中记，做豆腐之法始于汉淮南王刘安。凡黑豆、黄豆及白豆、泥豆、豌豆、绿豆之类，皆可为之。说来像是一个笑话，刘安为了长命百岁，命人于楚山（今八公山）炼丹，豆汁中加入石膏或明矾，无意间生出这么一种人间尤物。若此事发生在今天，说不定刘安会急着跑去申请食物发明奖，弄一个大大的牌匾——"豆腐刘安"，不啻一个响当当的百年字号。

燕四爷做豆腐，专取坑塘之水。村东有池塘，夏有青荷，冬有游鱼眠于青泥之上，其水清清。若逢旱年，只留一方小小水穴，深且清凉，逐级进入塘底，小小泉眼汩汩而流，有幽幽凉气冒出，沁人心骨，堪比空调。燕四爷管用此水做的豆腐叫"活水豆腐"。井水硬，所以做出来的豆腐便也冷硬，入口像是戴着牙套吃蛤蜊，无论如何也品不出鲜香。

有一段时间，我喜欢赖在燕四爷家，蒙了眼的毛驴在咯噔着拉磨，石磨咬合的声音温润亲切，像一位长者关切的话语。燕四爷将磨好的豆子包好，房梁上悬挂一条绳索，两条夹棍交叉绑缚。用清洁的素棉布包将磨好的豆子包起，摇晃，挤压，直至挤出最后一滴奶白的豆浆，而后上锅蒸煮。我时常捡来烧柴，心里的小九九不过是为了一碗香气弥漫的豆浆。豆腐皮，黄豆中的精华，熬煮好豆浆的锅里漂着浅浅的一层，揭起，晾干，便是豆腐里的软黄金，价值最高。不似现在有人以劣质的豆制品充当豆皮，色泽虽极为相似，但入口绝无黄豆精华的醇香。

一碗热豆浆的温度能保留多久，对燕四爷豆腐的记忆便能延缓多久。金黄的豆粒在此刻宛若一个精灵，纵身一跃，跳进村口满是青荷游鱼的坑塘，于是浓浓的豆浆里也便有了青泥的软绵、荷花的清香，也便有了一尾游鱼的清浅时光。

东坡有诗《又一首答二犹子与王郎见和》："脯青苔，炙青蒲。烂蒸鹅鸭乃瓠壶，煮豆作乳脂为酥。高烧油烛斟蜜酒，贫家百物初何有。"要我说，苏大居士哪怕在流放途中，吃到燕四爷做的塘水豆腐，也终会难忘那缕乳脂香。

三、豆类家族

有一桩公案不得不说。《本草经》记载张骞出使西域，得胡豆。我查阅了一下资料，发现胡豆即当下的蚕豆，也就是孔乙己拈着说"多乎哉？不多也"的那枚蚕豆，原产地在地中海以及西亚地区，后引入我国。

而另一种说法是，菽起源于中国。《史记》中说："轩辕乃修德振兵，治五气，艺五种，抚万民，庆四方。"郑玄

北方有所寄

曰："五种，黍、稷、菽、麦、稻也。"清朝严可均辑校的《全上古三代秦汉三国六朝文》中亦说："大豆生于槐，出于沮石之山谷中。九十日华，六十日熟，凡一百五十日成。忌于卯。"

所以我更倾向相信大豆的原产地在中国的说法。菽是豆类的总称，下有黄豆、胡豆、小豆、豇豆、豌豆、绿豆等。

豆不争辩，在田野里默默生长，既不招蜂引蝶，也不炫耀显赫世家。

我家世代为农，有可耕可种之地。大田里种植的多是黄豆，入秋收获，储藏，可以用来换豆腐、榨油，豆饼可以肥田，以期来年有更好的收成。地头有树，往往不利于玉米之类的庄稼生长，母亲便留下一些豆类种子，谓之"杂豆"。杂豆名目繁多。红小豆，团株，小时似绿豆，大时像黄豆，结长长的荚，若收获不及时，散落在地似星星之火。"红豆生南国，春来发几枝"里的红豆，我想肯定不是这种，总觉得那是一种树，总觉得高高的树上结红豆才显得浪漫多情。心爱的人远走，只留下年少时的记忆，于是便种下一株红豆树，痴痴等候。等到了季节，红豆树上结相思，相思幻化成串串红豆，以待你来时，再相逢，眼里含着泪光："看，我为你种下的红豆。"

还有一种——豇豆。豇豆花如蛱蝶一样，三两蕊丝，甜甜地向你微笑，些许时日便长成一拃长的豆角。嫩时青颜，可剥皮入饭，甜、糯、软。熟时赭红，可留至年尾做黏豆包。这是过年走亲戚的礼品，一家常能品尝到几家黏豆包的风味。与红薯同蒸，捣碎，入枣，入红糖，甜如豆沙，糯如粳米。

　　需要着重说一下绿豆，因为在豆类家族中，绿豆的名气不亚于黄豆和黑豆。二十世纪八十年代，平原地区号召学习焦裕禄精神桐粮间作，我家也在大田里栽下了一行行高大的梧桐树。"栽下梧桐树，引来金凤凰"，我一直怀疑这句民谚。小时候常在梧桐树下徘徊，希望看一眼凤凰，却连一片羽毛也没看见，倒是梧桐树下的庄稼着实虚脱绵软。怎么办？又不好空着地，母亲便种上一行行绿豆，绿豆开黄白花朵，喜阴。这样一来，梧桐树算是有了绿豆这个芳邻。绿豆不像其他豆类作物，它阶梯式成熟，上面的花儿正艳，下面的绿豆已然黑荚。田野里有的是麻雀和田鼠，倘不及时采摘，到最后怕只能剩下一株株空空的绿豆秧。

　　《开宝本草》中记："绿豆味甘寒，无毒。主丹毒、烦热、风疹，药石发动，热气奔豚。生研绞汁服，亦煮食。消肿，下气，压热，解毒。"说到这里，不免想起一件往事。小时候，我身上有疮毒，坐在门槛上疼得直抹眼泪。三姐不知从哪里听来的偏方，将生绿豆嚼碎，敷在我的疮疤上。没几日，红肿竟然褪去，皮肤完好如初。

　　炎炎夏日，绿豆汤可谓消夏上品，清清凉凉一碗绿豆汤，清清凉凉看见脚下的日子。绿豆该是一位身穿绿衣的天使，轻轻一挥翅膀，拂去夏日的焦灼。《诗经》中说"七月烹葵及菽"，大概也是为了轻轻荡开这七月的燥热吧。

四、豆茬，利刃柔情

先来描述一个场景。十月的豆田空空荡荡，阳光却未失去热情。忽而一阵风起，镰刀削过的豆茬像一枚枚尖利的钉子，倒插在空旷的田野。纷乱的人群，纷乱的人世，走出一位性格温顺的年轻人，眼神里充满哀伤。

纷乱的叫嚣不断传来，发酵。在初秋发酵成一支支闪烁着寒光的利箭，万箭齐发，目标统一，指向这位皮肤白皙、文质彬彬的年轻人。

"脱下鞋子。"他们喊。

"去吧，一脚一脚，必须踩在豆茬上！"一个憨蛮的声音，破锣般低沉，但不容置疑。

多年后，祖母坐在门前的树墩上，向我讲述崇光表叔和表婶的爱情传奇。崇光家在杏花村，自幼学习刻苦，从师范学校毕业后回来，当了一名乡村教师。崇光有个弟弟叫崇标，好吃懒做，且有股子蛮力，有偷鸡摸狗的恶习。家里考虑该为崇标说一门亲事了，相中了李家荡的李凤珍。相亲时，家人怕崇标嘴拙将事情办砸，便以崇光顶替。坏就坏在这儿。李凤珍相中的是崇光而非崇标，洞房花烛时才发现这个惊天秘密，她以死相逼，坚决不肯嫁给蛮子崇标。万不得已，且崇光也到了说亲的年纪，在众人劝说之下好歹将一场闹剧转化为喜结连理。婚后，崇光在学校教书，李凤珍在家勤耕勤织。

后来，杏花村再也看不到崇光和李凤珍。有人说，他们在上海定居了。

五、连枷，以及做酱之法

我们仿佛丧失了某种能力，祖先曾经握过的农具，渐渐失去温度。追根溯源，哪一件事物不与农耕文明息息相关，哪一粒谷物不来自汗水的浸润？再过多少年，人也不能失去土地的喂养，不能失去谷物的哺育。

连枷，是击打禾谷的农具。《释名》中说，枷是加的意思，在柄头上加杖，用来击打禾穗使其脱粒。其形类似于骨节，几根木条用生革编连起来，长可三尺，宽可四寸。还有用独块木槌做成的，都贯穿在长木柄头上的横轴，高举甩转起来，落地扑打禾谷。

母亲在阳光下挥舞起重重的连枷，每一次抬起落下，豆大的汗珠都从鬓发间跌落，落地成豆，幻化成一粒粒金黄色的火焰。

有了豆子，我们就可以吃到穿越苍茫雾色的白雪豆腐，淡淡的梆声远去，池塘里的水漾起微笑的涟漪。有了豆子，我们就有了黄豆酱淳朴的关照，豆子馥郁的香化作一场黑甜的梦，瞬间充斥着记忆。

《齐民要术》中说，腌制黄豆酱以腊月、正月为上时，二月为中时，三月为下时。但地域不同，时间便不同，鲁西南的十一月才是腌制黄豆酱最好的季节。干爽的西北风爬过院墙，拂下榙树上的最后一片树叶。抬望眼，长雁成阵，已

北方有所寄

向南飞。

　　接下来漫长的节气，因为有了黄豆，因为有了母亲，因为有了馥郁绵厚的黄豆酱，枯燥的日月也变得莹润，变得有滋有味。

蒜志

一、你入瑶台，我落民间

"兄弟七八个，围着柱子坐，大家一分手，衣服就扯破。"你知道，我说的是一个比较低龄化的谜语，也可以叫作民谣或儿歌。乡村穷，但从来都蓬蓬勃勃，孩子多，且相差不了几岁，兄弟姊妹一帮小孩儿在母亲周围团团坐，听母亲讲那过去的故事。

灯光昏黄，我偏爱这种乡村抒情。灯光一明一暗，旧年的情景便温暖起来。我们都是好孩子，都是土生土长的乡村接班人。

蒜也是。

蒜属百合科，托生的人家不错——除了葱就是蒜，就是洋葱、韭菜，说来说去，也离不了一个辣字。火辣辣，像极了乡下人的秉性。水仙则不同，水仙属于石蒜科，也有一个蒜字，但这并不代表它就和蒜一样低调。你看，水仙，文殊兰，君子兰，龙舌兰，只听名字就引人注意。同样是蒜，为

　　　　　　　　　　　　　北方有所寄

什么差别就那么大呢？别抱怨，天生万物，自然有序，每一株草木都有自己命中注定的气质。作为花卉繁育的石蒜科，名字虽然不错，但生得娇小，难有大家风范。哪像我们蒜，大大咧咧，清爽、火辣、甘辛，入心入肺。

母亲亦种蒜，有小小的菜畦，白露间，夜晚落了一层薄薄的霜雪，被太阳的舌头一舔就化了。蒜，一瓣瓣剥好，只象征性地留一件内衣裤。我好奇，反正是长，不如让蒜拿大顶，倒栽葱栽进菜畦。来年春，菜畦里多是留白，是好看，却引来母亲的疑惑，问我怎么回事。我支支吾吾。母亲发现是我的恶作剧，吃饭时说："你倒过头来试试，去拔菜畦里的草。"我脸一红，没敢跟母亲顶嘴。却原来，蒜也不容欺哄。

凡是泥土里长出来的草木，都好看、水灵，是大地写下的诗。蒜也是，初生的蒜苗，移栽进花盆，不会比水仙门下的那些姊妹逊色。只是委屈了蒜。乡间多好，土地多好，朝食清露，暮饮晚霜。雨声敲着鼓点，一瓣蒜就探出了嫩芽。燕子带回了家园之春，蒜叶青青伸展向天空。一碧如洗的天空，相信城市里的人是很难见到的。土地，无论多贫瘠，蒜都不嫌弃；生在乡间的农人也不嫌弃，那是安身立命的根本啊！人忘了根本，即使住进瑶池又有何意义？

蒜能听懂我的话，围在一起听母亲讲故事的孩子们已长大。谁都记得，哪一天离开风中的柴门，哪一天母亲将新收的蒜辫结成记忆的绳结，挂上门楣。每一个结扣，都记着一个乡下孩子成长的光阴。每一头蒜里，都有因清贫而储存起来的泪光与艰辛。

蒜的辣，想必总有一些渊源，说又说不出，放又放不下。除夕夜的鞭炮响过之后，新桃换了旧符，一碟蒜泥被端上来。醋是酸的，蒜是辣的，几滴麻油是香的，佐以水饺，所有的辛酸与悲苦便也甜了、香了起来。

石蒜科的水仙不懂，那是另一种形式上的美好，相当于生活之外的童话。你入瑶台，我落民间，互不相干，各有各的生活秩序。

二、蒜是一味药

蒜，如今的名字叫大蒜，简单到让人忘记了它的身世。就像一个游荡已久的浪子，流落他乡，时间长了，故乡便变得模糊起来。但其性格不会变，火性子的北地人到了南方，也化不成一汪水，也变不成绕指柔。

蒜亦是，它从异邦走来。两千多年前，由汉使张骞从西域带回。隔着漠漠风沙、漫漫荒滩，想必蒜早已忘记归家的路。可腔子里的赤诚与豪爽仍在，火辣辣的性子表明，它骨子里仍流动着一股猎猎胡风。胡，没错，加上草头成"葫"，也就是蒜的古称，蒜亦称"葫蒜"。

蒜是一味药，《新修本草》中点明其下气、消谷、化肉。由此看来，蒜不仅仅是一位从异乡来的高士，更像一位怀揣千金方的妙手神医，体恤民生，了解民间疾苦，惠及中土大地。

儿时，腹部常常绞痛，豆大的汗珠颗颗滚落，砸在母亲的心上，生疼。灶膛里的火光明明灭灭，晚炊过后的余烬尚未失去火的温度。母亲将几枚独头蒜投入余烬，慢慢煨熟。独头蒜该是蒜中的长子，其味辛辣，甚于兄弟七八个蒜头加在一起的辣度。大概张骞出使西域归来时，带回的也是这种，只不过经过漫长岁月的浸淫，蒜的性格渐渐变为温和。温度，通过草木之火传递；辛辣，逐渐变为一种药效，在煨熟的蒜里生成。剥开，浓浓的蒜香直冲鼻子，我迫不及待把独头蒜塞进肚子，绞痛随之烟消云散。

又有鼻衄，即鼻子流血不止。人一瞬间赤白了小脸，前院的二娘最知道治疗鼻衄的良方。取大蒜一头，却不让人看见，在蒜臼子里捣碎，在掌心摊成小饼，约一豆厚薄。左鼻出血贴在左脚心，右鼻出血贴在右脚心。两个鼻子都出血呢？对，你答对了，贴在两个脚的脚心，鼻血瞬间止住。当年，很多人不解，问二娘到底施了什么妙方，黑乎乎，蒜气冲天。二娘羞愧地笑笑说："还不是当年日子穷，想让你们捐几粒米下锅。"黑乎乎的是从灶坑里抓的一把草木灰，蒜气冲天的就是捣碎的蒜头，两者掺和在一起，即是止血良方。

也难怪，难为了二娘将以蒜治病当作一门营生。如此，是比伸手去要来得让人心安。

草木之间，蒜作为平民在乡间游走。草最是缠人，但能安抚五牸；庄稼显出高格，茫茫众生哪一天离了粮食也不能存活。唯独蒜是边缘的，身居边缘的蒜，就不得不在风雨乡野练就一身异能。

现代医学研究证实，大蒜集 100 多种药用和保健成分于一身，其中含硫挥发物 43 种、硫化亚磺酸（如大蒜素）酯类 13 种、氨基酸 9 种，等等。另外，蒜氨酸是大蒜独具的成分，当它进入血液时便成为大蒜素，这种大蒜素即使稀释 10 万倍，仍能在瞬间杀死伤寒杆菌、痢疾杆菌、流感病毒等。此外，大蒜可阻断亚硝胺类致癌物在体内的合成，其中几十种成分都有各自的抗癌作用。

原谅我，蒜，和你在一起生活了许多年，才初识你的悲悯与良善。人世可谓繁华，庖厨一事几乎成为行为艺术，天上飞的，地上走的，水里游的，只要人想得到的，都能拿来大快朵颐。而进食之时，还是忘不了喊上一嗓子："老板，来一头大蒜。"听者心中暗笑，到底是不能免俗啊！你看大街上衣着光鲜的摩登女郎，大概在听到吃了大蒜能减肥的说法后，也会趋之若鹜。

蒜不管，只是温和地从草本纪走来，入脾、胃、肺经，像一位真正的寒儒，生活在乡间。

三、从魏晋遗风里走来

蒜，除了是一位高士、隐士，我想更是一位从魏晋走来的名士，可比嵇康或向秀。王朝易帜，并不能改变一些人骨子里的清高，他们心性里向往不羁与自由，更把活着当作一门艺术。

有一天，大司马钟会从柳树下经过，燃烧的火焰和叮当的打铁声吸引了他。当时大司马肯定在想：这就是不潜心于仕途的下场，只能夜以继日地劳作，或许，再过一会儿他们会问我，需不需要打一柄长剑或两副马掌，会低声下气地向我打听司马府是否缺少杂役。但是没有，只见嵇康捋了捋袖子，向秀朝手心里吐了一口唾沫，又继续他们的打铁歌。大司马怏怏而去。

那时，嵇康问："何所闻而来？何所见而去？"钟会答："闻所闻而来，见所见而去。"

蒜听见了，它知道这也许就是流传已久的魏晋风骨——由着性子，月白风清，不食嗟来之食，也不谄媚于封疆之王。

而真正的王一定不会忌讳。话说到了唐代，唐人食蒜之风大炽。《太平御览》有云："成都王颖，奉惠帝还洛阳道中，于客舍作食。……天子啖两盂，燥蒜数株，盐豉而已。"说来让人有些怀疑，或许成都王颖舟车劳顿，大概真的饿得不行了，这才要来一头大蒜。他就着腌好的豆豉，狼吞虎咽，竟然一口气吃下两大碗米饭。

我也喜欢吃蒜，虽不如村里的酒鬼王大眼子有道行——能吃着一个蒜瓣喝下两口烧酒（一口半斤），却也有段时间离了蒜口中无味。《本草纲目》上说"下谷化肉"，大概因为生活水平日渐提高，需要蒜来清淡一下胃口。蒜，这时候是兄弟，两眼清澈地望向你，心胸坦荡如砥。每次回家，母亲做好饭总是忘不了告诉我，窗户上挂着蒜，好像在提醒我别忘了这位乡间兄弟。

怎么会呢，人一旦和蒜结拜，必忠肝赤胆，哪怕眼前放着山珍海味也会深觉寡淡。《广五行记》有云："唐咸亨四年，洛州司户唐望之冬集计至五品，进止未出。间有僧来觅，初不相识，延之共坐。"这位僧人来干什么呢？大略也是一位苦行僧，赶路累了，来向司户讨要一盘鱼吃（多气派，要饭也要得高格），司户欣然答应。可谁知家人把一盘制作精美的桂花鲈鱼端上来后，僧人又说："可有蒜否？"言辞间颇有得陇望蜀之意。家人说："蒜尽，得买。"我想当时司户的家人肯定有一股子怨气：真是个不知好歹的穷和尚，要鱼给你了，还摆哪门子谱！

依我看，僧亦是蒜的知音。你退回民间，我舍弃浮华，为的都是一个缘字。缘分未灭，蒜依然是穿过汉唐遗风的白衣秀士。且吟风听月，仗剑天涯，我自悠游山水间。

四、蒜的吃法

人的皮肤有黑有白，黑者往往给人一种强干的感觉；白者就显得油头粉面了一些，善交际，做事圆滑。蒜也是，分为紫皮蒜和白皮蒜。紫皮蒜像个北方汉子，味辛，揪一个蒜瓣丢嘴里，辣得浑身通泰、面有红光。白皮蒜如江南美人，或许有点小性，却总还算是小鸟依人，味甘，明目利胆。

说起吃蒜并不复杂，祖母自得腌渍之法。拔过蒜薹的新蒜，像害了相思，丢了三魂七魄，倾斜欲倒。七八天最好，祖母一边说，一边挎上柳条篮，喊我去蒜地拔蒜。新蒜收回，剪去蒜株与蒜的胡须，在底部用小刀挖一个锥形小洞，浸在盛有清水的陶罐中密封，而后用塑料布系紧。三日后，祖母在塑料布上扎了许多小孔，将水沥出，辣，辛臭。大概祖母原是为了给蒜洗洗胃。

三十年后，我才知道山东有个叫丁宜的人，早就掌握了这种腌蒜之法，记在《农圃便览》里："拔苔后七八日刨蒜，去总皮，每斤用盐七钱拌匀，时常颠弄。腌四日，装磁罐内，按实令满。竹衣封口，上插数孔，倒控出臭水。四五日取起，泥封，数日可用。用时随开随闭，勿冒风。"祖母没上过学，却通晓各种蔬菜的腌渍之法，这多少让我有些惊奇。大概，连蒜也不知道，二十世纪八十年代的某个黄昏，鲁西南的一位小脚老太太虔诚地将一只陶罐抱在怀里，取出腌好的糖蒜。糖蒜通体如玉，入口酸脆，甘甜。

《齐民要术》里讲的是八合齑，我想该是江南的细腻吃法，将一头平常的大蒜吃出味觉艺术，吃出美感。我等北方人，耐不住那样的精细功夫，鸡蛋蒜（鸡蛋与蒜同捣）尚是好的，常有人一口蒸馍一口大蒜，吃得津津有味。"好不好吃？"你问。"通泰。"哈你一口气，喷出一股来自西域的仆仆风尘。

五、今世的江湖与魅影

蒜依旧在田野上生长，时间的季风掠过山川、高原与丘陵，亦拨动当代社会的神经。有时，我想：一头小小的蒜为何有如此大的魅力，集药用、保健效果于一身，心系民生社稷？

两千多年前，凯撒大帝远征，当时气候极为恶劣，瘟疫蔓延。随军的巫医上书凯撒大帝，建议士兵每天服用一头大蒜以增强体力，对抗疾病。效果立竿见影，当对方成千上万的士兵感染疟疾之时，凯撒的士兵却渐渐恢复了体力，仅用短短几年时间便征服了整个欧洲。谁还记得，强大的古罗马帝国骨子里流淌着蒜的血液？在一个王朝的背影中，蒜作为谋士，弹指间樯橹灰飞烟灭，改变了世界的格局。

面对一头蒜，也许你已经无法言说它的身世，不知它究竟是来自风沙漫漫的胡地，还是遥远的中亚和地中海。总之，蒜在清清白白之外，又弥漫着一种巫蛊之气，以一种接近神灵的魅影，来到民间，进驻都市。保持着严肃与深邃的表情，于万千气味中调和世界。

说来说去，其实大蒜的精华大多集中于大蒜素这一神秘物质。大蒜素是从大蒜中提取的挥发性油状物，其中的三硫化物对病原微生物有较强的抑制和杀灭作用，二硫化物也有一定的抑菌和杀菌作用。

我参观过提取大蒜素的工艺流程，看起来不算复杂，其实相当严谨。在当地一家极具规模的工厂，弥漫着浓郁的大蒜气息。忙碌的工人先把成熟、干燥、无虫蛀、无霉烂的蒜头去蒂分瓣，用清水漂洗。第二步就是将筛选好的蒜粒加工成糊状，类似我们平常食用的蒜泥。将蒜泥放入烘箱，文火烘干。而后将烘干的蒜块用粉碎机研磨成粉，过筛。浸泡蒜粉的流程尤为重要，用三四十度的白酒密封浸泡除臭。最后，澄清的溶液悬浮于上层，即为无臭蒜素原液。

萃取的大蒜素粉有效保留了大蒜的天然成分，纯度高，无异味，食用方便。也可以进一步加工成糖浆、乳剂、注射剂和大蒜素片，在活化细胞、促进能量产生方面效果奇特。

今世的江湖已非昨日状貌，大蒜作为一种朴素的乡间植物，早已化身成魅。大蒜素也许是大蒜的灵魂，作为一种不可或缺的商品行销世界各地，流进现代人的血脉。

高粱通史

高粱红了

说起高粱，绕不过莫言的《红高粱》，一经张艺谋的手，满世界都是高粱的红，好像全世界就剩下了一种粮食。《红高粱》上映时，我要绕过村里的一片高粱地，去高庄。由于晚点，迎娶"我奶奶"的唢呐声早已响彻暗黑的田野，一群在黑夜赶路的大雁，在红黑色的天空掠过，红色的羽毛簌簌飘落。

高粱在莫言的笔下是魔幻现实主义的见证者。此时的高粱无法沉默，在面对"我奶奶"和"我爷爷"时摇落漫天落红，野合出一段悲壮的爱情。就这样，一种朴实的乡间植物成全了一段近乎神话的野情，也成就了莫言家的土墙皮（据说莫言获诺贝尔文学奖后，他的老家成了"热门景点"，很多人慕名前来，就是为了沾沾喜气）。

电视剧版的《红高粱》中，我印象最深的是罗汉对高粱以及高粱酒的痴迷，他为阻止踩踏将要成熟的高粱和冢本的对峙，将高粱上升为一种灵性的化身。这符合自然主义的表达，为一种普通植物注入了血脉与灵魂。落幕，余占鳌带领队伍走出红红的高粱地，走在了一个时代的节点，也隐喻了一个全新篇章的开始。

我们村的高粱地可没经由艺术的渲染染红天空与大地，但不甚红的高粱地一样生长故事，高粱地里的情节一样流淌着爱与悲情。

我喜欢在高粱地里穿行，火辣的日头经过高粱的过滤，情绪稳定了许多。有野瓜、野鹌鹑、野雉，也有叫声响亮的绿肚子蝈蝈。有蓬勃的野草、飞舞的豆娘，当然，更有在野地上发生的那些事儿。那天我贸然闯入那片密密匝匝的高粱地，衣衫凌乱的雪花姐却表现得异常冷静。她面色羞红，向一个穿绿军装的大男孩说："没事，叔家的小四。"而我，则被几颗花花绿绿的糖果收买。

从此，假装这件往事从来不曾发生，封藏起来。

我的堂姐雪花，原本喜欢的就是那个穿绿军装的大男孩，也曾当着大伯的面喝下一瓶农药，做过无谓的抗争。但是面对另一户殷实人家的聘礼时，只能咬碎牙齿往肚里咽。那丰厚的聘礼一转眼成了堂兄娶亲的聘礼，高粱地里的爱情也只好就这样无疾而终。

成熟的高粱像窜天的竹子，擎起红红的高粱穗。那些由青转红的狭长的叶片，像天使的眉睫，修长而动人。经过田野的风，夹杂着一丝躁动与温情，在秋日的田野流淌。所以高粱地很容易成为文学作品的背景，在好事的作家笔下涌动着暧昧的多巴胺。

持家的高粱

我们村一般不将高粱作为主要经济作物，一是因为高粱的产量实在不高，二是因为高粱面太过粗糙，不怎么好吃。只在贫瘠的老河滩上，母亲割掉那些细如牛毛的麦子之后，点上一行行高粱，高粱像被遗弃在潮涨潮落的夏天的孩子。到了秋天，竟然长得很成气候，站在河堤上，秋风一吹，像在唱一曲高粱大合唱。

河南人吴其濬在《植物名实图考》里说："吾尝雨后夜行，有声出于田间如裂帛，惊听久之，舆人曰：此蜀秫拔节声也。久旱而澍，则禾骤长，一夜几逾尺。"这是势如破竹的高粱，耐不得黑夜里的寂寞，妄图伸出一只手来，摘取天上的星辰。所以，每次经过高粱地，我都会屏息凝神，听清脆的高粱秆刺破黑暗的声音。叶响如耳语，和泥土交流满腔的心事。

母亲种的高粱有以下几种用途：

第一，当然是用来吃。荒年，母亲将玉米面、高粱面、蜀黍面揉在一起，做成三色面团，这是三彩面的窝头，看起来像女娲补天用的彩石，光彩夺目。白面光滑，紫色的高粱面温和，金黄的玉米面喜庆，但嚼在嘴里的滋味并不太妙——糙，像一个美丽的谎言。每当这时，母亲常说的一句话是：吃好啥（指好吃、可口的东西）的嘴。好啥？如此瘠薄的时光能填饱肚皮已经不错了，哪还有什么"好啥"可吃。无奈，只得瞪着眼睛，直着喉咙咽下去。

其实后来想想，高粱面也没那么难吃，甚至有种越嚼越香的错觉，且高粱面扛饿。这是二大爷说的，以前走村串户做木匠活，饿了，从怀里掏出一只高粱面窝头，能顶大半晌。

二是做炊帚、笤帚。过日子当然离不开三尺厨房，我家刷锅用的炊帚皆是母亲用脱去籽粒的高粱穗做成的。这种炊帚用于清洁餐具远比当下的铁丝球有保障，绝不会吃着吃着饭咬到一根细铁丝，一不小心划破喉咙。母亲会做笤帚，乡下叫"服笤帚"，将长长的高粱穗一根一根绑在一起，用麻线紧紧捆扎，就成了一把"黎明即起，洒扫庭除"的笤帚。

后来大姐、二姐相继出嫁，很多年一直用母亲"服"的炊帚和笤帚。她们说，就像母亲一直陪伴在身旁。

三是做搓棉剂子的葶轴。我们村的妇女善于纺棉织布，大概黄道婆曾经来过我们村，传授了织布的手艺。当下的鲁西南织锦，是我们村的老土布演变而成的。纺棉用的棉剂子，尺长，中空，比雪还要白，是用高粱的梢部擀轧而成的。轻柔的月光下，母亲将月光的白与棉花的白搓擀在一起，就有了嘤嘤的纺车声伴我入梦，就有了民间尺素披挂在肩，就有了一种百年千年的暖，充盈在游子心头。

四是用来织薄。薄，一种用麻绳、高粱秆编织而成的农具，可以晾晒棉花、地瓜干，也可以做房屋的夹山，有屏风之效。之所以用"薄"字而不是"簿"字，原因只在于用高粱秆而不是竹子做成。我二哥在未下关东之前，常在家里织薄，忙过白天的农活之后，在院子里用几根木头搭起架子，麻绳缀上砖头，将光滑的高粱秆一根一根编织在一起。母亲除了用几张薄晾晒东西，还留着一张过年时放新蒸的馒头。这时，薄上一个个点了红点的馒头、黏米制成的团子、圆圆的枣花糕，看着都透着一股过年的喜庆。

当然，高粱的用途不止这些。古时，有些妇女和孩子撸下高粱叶子编席子、蓑衣和斗笠。可见高粱浑身都是宝，怪不得母亲即使辟出一块隙地，也要种上一片红红的高粱。

与莫言不同的是，母亲是用的现实主义手法，将我家高粱的功用发挥到极限。一株高粱持家，一样把日子过得风生水起。

高粱的旷世忧伤

电影《21 克》的介绍是这样说的："不管你是否恐惧，他都会最终降临，在那一时刻，你的身体轻了 21 克。"我笃信这样的阐述，在一个人死亡之后，灵魂会生出一双缥缈的翼翅，在天空飞翔，看着熟悉的村庄，看着曾经劳作的田野，看着依旧在村庄里忙碌的亲人，久久不忍离去。

但我怕看见死亡。小时候，村西有兄弟两家为了争夺宅基地大打出手，年逾七旬的叔伯兄弟失手用一根红枣木拐棍打死了花甲之年的弟媳。灵棚设在兄家，弟家一干人等怒发冲冠，单等一声号令两军开战。打是打了的，不过没有血溅

北方有所寄

灵堂，穿白色警服的公安调查取证后，带走了斗殴的双方。我挤过人群，那时尚未有冰棺的说法，只见尸体装在一方塑料袋里，漾起一股白色的气体。我以为那就是灵魂了，含冤的灵魂冲荡而出，让人惊悸。

我们村一直用高粱秆编织的薄作为灵棚，简洁，易张易合。棺材放在挂有遗像的高粱薄后面，男左女右，两排孝子贤孙，孝衣缟素，哭声哀怨起伏。这时，作为屏风的高粱目睹了生离死别，清澈的草木之眼中溢满泪水。

母亲走时，我呆坐于灵前，相框中的母亲在笑，慈祥，温暖。仿佛母亲只是暂时离开，还会隔着高粱薄轻唤我的名字，说下好了葱花面，要我多吃点好走夜路。我就想起母亲的好，童年，少年，上学，打工离家的日子，四十年的陪伴，恍惚一瞬。想起母亲把高粱种子一粒一粒下在田里，间苗，除草，收获沉甸甸的高粱穗；做高粱面的窝头，用高粱的葶轴擀轧棉剂子；纺棉，织布，飞针走线为我们做鞋缝衣。

只是远了，高粱薄后面的母亲再也不能醒来，任你涕泪横流哭喊，任你撕心裂肺。

高粱秆的另一个用途，也与死亡有关。我们村出殡有扎车马庭院的习俗，正屋，偏房，厨房，用彩纸糊在高粱秆扎成的简易结构上，实则只是一种象征，象征着在人世漂泊劳苦，死后可过富足的生活。高粱秆扎的耕牛，两只眼睛似铜铃，肩胛高耸。高粱秆扎的白马，仰天长啸，似闪电掠过乡村的屋檐。

我在老家时，有先辈过世，队长一嗓子喊来全村的人去抬"罩子"，"罩子"就是上面说的车马庭院。早起，每人一块钱（钱多少勿算，凡是涉及殡丧的事情一定要接纳主人给予的丧资，有死人不占活人便宜之说），在太阳出山之前务必将"罩子"抬到家里。"罩子"上面的图案，无非是二十四孝图，沉香劈山救母，八仙过海。这时方显出民间艺人的绝技，不求形似，但求神似，一个个人物灵动鲜活，隐喻来世可有更好的去处。

　　我们村用"罩子"大多去孝贤集，这里是孙期故里。相传孙期是当时一位博学的名士，很多人仰慕其才学，都来向他学习。不少人在洼中的垄畔上，手执经卷向他求教。孙期生性至厚，虽家境贫寒，但将老人奉养得无微不至。在他的影响下，四乡形成好学、仁让、至孝的风气。黄巾起义军经过孙期的家乡，曾约定"不准侵扰孙先生宅舍"。

　　扎"罩子"的人家就在孝贤寺旁边，土墙上放满了备用的高粱秆。我问老人为什么用高粱秆而不是玉米或者其他什么植物的茎秆，老人笑笑，并不言语，仿佛与逝者的魂灵有过什么约定。

　　喊灵的人一声断喝，棺材入土，田野里顿时悲声大放。往往这时，我看着纸扎的车马庭院在火光中完成使命，高粱的骨架渐渐变为黢黑，直至化成飘扬的灰，心就会莫名地清澈起来。好像熟悉的那个人沿着乡间的阡陌，走进高粱地的纵深。未来还能见面，只是在梦里。

　　　　　　　　　　　　　　　　北方有所奇

蜀黍，从故乡到异乡

蜀黍，在我们村叫得亲切，就像喊自己家孩子的乳名。这边一喊，那边一应，不同方向的两个声音在田野上空汇合，上面就挂满了沉甸甸的高粱穗。

蜀黍的名字，《食物本草》始载，北方统称为高粱。《农政全书》翔实记录了其功用，当然最大的功用是酿酒，就像我们村的男人，此生最大的功业就是稼穑耕耘，供养一家人，让他们度过月白风清的光阴。我们村的蜀黍与更靠北的高粱还有差别，那年我去辽宁省大石桥采矿，山坡上种满了高粱，叶子与玉米相似；矮矮的个子，和我们村的蜀黍不是一个级别。最令人诧异的是，当地差不多以高粱为主食。蒸二米饭，就是把大米和高粱放在一起蒸煮。高粱米饭搭配小咸鱼，是最为经典的吃法。我自小不喜欢吃高粱，便在半山腰铁道旁的一处小房子里蒸馒头，看着喜庆，吃着香甜。

有关蜀黍的起源尚未有定论，许多研究者认为高粱原产于非洲，有角马猎猎奔跑的地方就有大片大片的高粱地。后来传入印度，再传到远东地区。在莫桑比克的一个溶洞中，考古学家发现了 10.5 万年前的各种石器，而且石器上面粘着当地一种高粱的颗粒。这是 10 万年前的高粱，人类的先祖很早就懂得了粮食的珍贵。捕食猎物太过残忍，且有太多风险，从清凉的月光下采来一穗红红的高粱，舂捣，蒸煮，谷物的芳香瞬间弥漫在阒静的原野。这是迄今为止对人类最早食用高粱的发现。

我们村高粱的来源已无证可考，沿着其生长轨迹追溯，相信会和我们的村庄史重叠。我们的先辈风尘仆仆地从远方归来，放下肩上的口袋，说找到了一种适合在低洼地种植且生命力顽强的谷物。这是一片如假包换的黄河滩区，千年的地上悬河一旦发了脾气就会如妖魔狂舞，水过之处，留下一片广袤的低洼盐碱地。

　　我小时候还听母亲说起过另外一种植物——稷，但在我们村的"植物谱系"上从未见过。后来在一次皖南之行中，我才见识了这种比高粱低矮婉约的谷物。稷就是稷米，俗称黄米。《植物名实图考》中有一章《蜀黍·附蜀黍即稷辩》，里面引用了十几种古代文献，结论是"湖南有稷子，苗似粱穗散粒大，乃甚似高粱"。

　　叫我说，北方的高粱和南方的稷子，无论在过去存在何种争议，并不妨碍将两者统称为一种谷物。它们由于地域的不同而生成不同的姿态与性情，就像江南与塞北，骨子里的婉约与豪爽都属天生地养，都是土地的如花儿女。

　　一个人的胃囊经过故乡谷物的滋养，往往会产生一种依恋，如同我在北方之北吃到石砾间的高粱米饭，怎么也没有故乡的滋味。我知道，那是故乡的土、故乡的水浸润而成的香甜，异乡的味道怎么也无法融入漂泊的胃囊。

神曲

　　此神曲并非但丁的《神曲》，但丁依仗诗人维尔吉的引领游历了地狱、炼狱和天堂，以活着的肉身体验了生死磨难。圣雅各拷问但丁："什么是希望？"但丁回答说："希望是一种对未来光荣的预期，此种光荣生于神恩和在先的功德。"

我说的神曲是邻村的酒窖，酒由蒸熟的、炒熟的和生的麦子发酵而成。炒的麦子要炒至黄色，但不能炒焦。生的麦子要选上等的。蒸熟的麦子要浸透，水分要刚刚好。三种麦子分开研磨，全部磨完后合在一起，做成曲饼。据我们村的酒神坛子叔说，古代有更多讲究，时间要选择七月中旬，让小孩穿上青衣，在太阳未出来前，面对"杀地"打二十桶水。至于"杀地"是什么意思，我到现在也没弄清，大略是《易经》中的卦位。和曲与团曲的同样是小孩，这让我想起《红高粱》中的"我爹"，一泡童子尿成全了尽人皆知的十八里红。原来，时光酿制的酒曲里也存在不可泄露的天机。

传说杜康酿酒，实在是误打误撞。有一天他情绪不好，不想吃饭，就把蒸好的高粱米饭放在一个树洞里，然后靠在那株千年大树上打盹儿。过了些日子，他想起树洞里还有饭食，取出来看，竟然生成了一种浓香馥郁的液体。酒，随之诞生。村里的坛子叔打着酒嗝，一把抽出腰间的酒壶，深深地抿了一口。

堆放月余的酒曲散发出浓浓的酒气，但这只是酿酒的开始。几乎所有品种的高粱都可以用来酿酒，其中以红白高粱为最佳，一年四季都可以酿制。发酵好的酒曲呈土黄色，接近黄土地的色泽，需要研磨成颗粒，才能混合在高粱里继续

高粱通史

发酵。将浸泡好的高粱放入一口大铁锅中蒸煮，蒸透，成黏稠状之后，再进行冷却。此后，拌曲，入窖池中发酵，在发酵好的高粱中掺入谷壳，放入锅炉蒸煮。

你能听见高粱米的窃窃私语，在酒曲的陪伴下恍兮惚兮，如同做了一个神奇的梦。梦中，谷物的芳魂一缕缕上升，高过乡村的屋檐，高过千年的星空，钻进坛子叔的鼻翼。坛子叔喝酒，已有数年。想当年坛子叔在外省也是一个有身份地位的人，只是一场劫难让他失去了所有，这才回归到这片生长高粱的土地上。由于是村里极少的文化人之一，且毛笔字写得颇有唐风宋韵，所以临近春节时的坛子叔家总挤满请他写春联的人。只见坛子叔对着葫芦嘴闷一口"二里歪"烧酒，一片融融春色就在红纸上铺展开来。

一杯地道的高粱酒入喉，人神分离的时刻便来临了。火辣，情浓，像一团炽热的火焰，让人忘记此生的挫折与磨难。没人能透过悲欣交集的神情，知道坛子叔的心里有多苦。老了的坛子叔，是村庄遗老，靠在一截土墙上，眯着眼睛对着太阳自言自语。他说看见漫野的高粱红了，说看见过世的亲人在高粱地的上空，说村前的滩地里只有一株高粱，长成了树，树上挂着一个酒葫芦。

他走了。高粱酒的酒香在村子里飘荡了三天三夜。

北方有所寄

柴薪记

榆木疙瘩

我一直以为炊烟才是村庄的灵魂，暮色四合，灰暗的天空下炊烟袅袅，像诗人有形的思绪。至于在抒发些什么，只有在村庄生活过的人才能理解。

思绪袅袅，趁着夜色归巢的鸟是一个个灵动的休止符，落在枝杈上，落在屋檐上，落在茕茕孑立的电线杆上，兀自弹跳不已。草木是一行行绿色的诗句，在田野上押韵合辙。而露珠是标题，珠圆玉润，在夕阳的余晖下发散思维。

诗歌的意境包容，而炊烟的内容亦无法不深刻。在这片深沉的土地上，村庄存在了多少年，炊烟就飘荡了多少年。炊烟飘荡了多少年，我们就在平原深处生生死死了多少年。

我喜欢火，这与小时候的经历有关，天寒地冻，身上单薄的棉衣不能御寒，母亲会说："去烧火，暖和。"柴草窝里其实真的很暖和，灶膛里火光灼灼，沸水在铁锅里翻腾。切块的地瓜将凝集的日月精华释放在水里，就成了我们每天吃的地瓜糊糊。一直到现在，我怀念旧日时光时，都难免会忆起地瓜糊糊的味道。软糯的香，在掀开锅盖的那一刻，弥漫在厨房里，三尺多厚。入骨的绵甜，非齿颊留香不能形容。设若丢入一小把赭红的豇豆，一锅里便飘着暖暖的红。

火是三皇之首燧人氏的火，就在离我们村不远的商丘。我想，我们也是被放逐的一支吧。沿着长长的黄河，沿着宽阔的老河滩，找到一片水草丰美之地，安营扎寨，从此这里有了袅袅的炊烟。

灶膛里的火分为软火和硬火。就像村里人的性子，脾气倔强的，一口唾沫一个坑，说句话能把人砸死；脾气平和的，说起话来慢吞吞，骡马车子走出半里多地，才想起自家的门没落锁。

软火来自柔软的草木、村前的麦草垛、秋日田野上的玉米秆，还有春夏时节割来的野草，牲口们吃厌了口，晾干，作为日常所用的烧柴。少年时，母亲递给我一把长长的竹签，是用废弃的箅齿制成。秋风瑟瑟，遍地金黄，我和四哥在老河滩上签树叶，一人一个棉布包裹，签满了回家。想来，那样的情境再也难以重现——一个影子长，一个影子短，梧桐叶、杨树叶自天空缓缓飘零，就像漫不经心的时间，一晃眼过去了三十几年。

硬火来自坚硬的树根、树干，平常时日难得用上。无非是几瓢水、一碗面，再加几把树叶或者麦草就烧煮好一锅玉米糊糊。除非家里来了客人，除非到了节日，除非炖鸡炖肉，母亲才舍得动用码放在墙角的坚硬烧柴。

这样的时刻出现多半在过年期间。眼看着到了腊月二十几，母亲让我去借三大爷家的柴斧。至今回想，我们家许多年劈柴用的都是三大爷家的柴斧。我父亲的父亲和三大爷的父亲是堂兄弟，三大爷无儿无女，说他吝啬也不对，毕竟那时的年月容不得人过于大方。外人借，三大爷不是说别人借走了，就是说斧子坏了。我去借，三大爷坐在祖传的太师椅上，说声在粮瓮后边。

别看我小小年纪，劈起柴来头头是道。梧桐木、杨树木、苦楝树木，纹理比较清晰，不算太硬，无须用楔子。前腿弓，后腿蹬，柴斧高高扬起，手起斧落，应声而开。枣木、刺槐木、榆木都是"刺儿头"，树身还好，沿着几十年的纹理劈开一条缝隙，下楔，一点点往里砸，慢慢就会分开。怕就怕是榆木疙瘩。父亲坐在小板凳上，半身不遂的身子倾斜着，告诉我应该在哪里下斧子，应该在哪里下楔子，应该如何绕过一个坚硬的木结，仿若庖丁解木。

榆木疙瘩，在我们村用来形容一个人不开窍，遇事不灵活；后来引申为某人或者某些人顽固、守旧、思想不开放。如果是这样，那么我应该算一个，多年的乡村生活让我养成了天生地养的草木思维，春来萌芽，秋来凋零，植根于泥土而不奢望如一只远行的飞鸟。村庄之外是陌生的村舍，城市之外是陌生的城池，疆域之外是陌生的国度，地球之外是无数个转动的星球，是浩渺的银河，是巨大的未知。

那么，重归于原点，我只是一个坚硬的榆木疙瘩。生时，在老河滩上听风听雨，听杂沓的脚步声从村庄传到田野，听见生，听见死，听见村庄之外的哗变与喧嚣。死后，遇见一位初长成的少年，和我对视，从细密的纹路开始，从一把锋利的柴斧开始，走向重生的火焰。

硬木的火焰有些耿直，坚硬的火光在灶膛里熊熊燃烧，毕毕剥剥的炸裂声脆瓜裂豆，火光映红母亲和父亲的脸庞，一如旧年。

麦茬地

写麦茬地的人不多，张炜算一个。《人生麦茬地》，读来像一首空灵的诗，百灵在歌唱，乡村的母亲站在白亮亮的麦茬地上等待儿子归来，一年年，一岁岁，等老了岁月。

海子也算一个："谁的心思也是 / 半尺厚的黄土 / 熟了麦子呀！"海子还说："你们城里人看到农村麦浪滚滚，实际上要真正感受农村，必须在麦子割了以后，满地的麦茬，那个时候你站在地上，天快黑的时候，你会觉得大地是一片荒凉。"

我能体会这样的感觉。所谓的白亮亮的麦茬地，不过出现在收割后仅有的几日，并且要确保麦收期间无雨。繁忙的麦收季节并未将村庄里的人们压垮，他们在大地上生活多年，谙熟土地的禀性、节气的禀性，知道天地会掌管庄稼的生长与收获。接下来漫长的季节，需要在村庄里和时间纠缠，需要点燃一把柴薪，熬煮长长的流年。那些火在大地上隐藏着，静默着，从五月走向即将到来的雨季。

母亲手持一把锋利的铲子，几乎跪在地上，头上包裹的白色头巾已经被汗水湿透。徒手剜下来的麦茬被一堆堆摆放在田埂上，等二哥下午做工回来，运回家里。

我站在麦茬地上有些眩晕，高亮的日头悬在头顶上，在散射光的箭矢。收获是一场盛大的欢歌，也是一场必经的苦难。那些原本白亮亮的麦茬经过一场雨的浸泡，暗黑了面孔。到处是车辙，是杂沓的脚印，是老牛横卧的痕迹，除了"荒凉"二字，还有什么合适的字眼来形容呢？

有时候，我理解村人的逃逸，当一座座村庄变成虚无的存在，当村庄里只剩下老人和孩子，当土墙倾圮，你有什么理由拒绝一个人追求更好生活的步伐？但更多的是痛心，人走了，村庄成为一座座空荡的城池，那些欢乐的童年走失了，那些温暖的面孔渐渐变得陌生，那一座座曾经遮挡风寒的老屋门扇洞开，像饱经沧桑的老人在风中干瘪了嘴唇。

每当一座新村建起来时，我总想：这背后又有多少个村庄被遗弃了？那个叫状元刘楼的，曾经在某个朝代出过骑马佩红的状元，村口的石碑上记载着当年的荣光。那个叫歇马亭的，当年一个风流不羁的士子来到村口歇脚，向村人讨了一碗清水，留下几句水样清澈的诗文。那个叫官寨的、伯塚集的、梨花坞的、桃花渠的——自此在地图上消失，只留下一个个千篇一律的名字：某某社区。

我跟在母亲身后，蹲疼了双腿便屈膝跪在大地上，剜过麦茬的泥土松软、温热。我不知道我的将来，只看见过去，那片麦茬地一如朱尔·布雷东的油画《拾麦穗的女人》里所表现的般荒凉、压抑。远处是夕阳染红的天空，近处是低矮的山包，是一座座杂乱堆积的麦垛。母亲们弯腰捡起零落的麦穗，放在布兜里。

从另外一个层面讲，我们捡拾的是薪火相传的火种。母亲每一次弯腰，都有一豆闪烁的火光隐藏在时光深处。

布谷的叫声渐行渐远，这只从《诗经》中飞来的灵鸟，"尸鸠在桑，其子七兮"，其实很像我们的母亲。母亲一生孕育了我们兄妹七人，除了大姐早年因病而逝，其余六人都还在这片土地上生活。

那片被二次收获了麦茬的土地，过不了多少时日就会生长出青青的玉米苗，没有了麦茬的羁绊，更显粗壮。这是田野与谷物的薪尽火传，用一茬茬生长打败荒凉。

那座高高的麦茬垛，就在我们家的门口经风历雨。每当做饭时，母亲就地取材，喂养火光，喂养渐渐长大的我们。

那是柔软的火，当炊烟升起的一刻，有淡淡的麦香弥漫，有淡淡的草香氤氲，将村庄上空的天勾勒成一幅简约的水墨。

母亲就住在那里，走过我人生的麦茬地，有些荒凉，有些沉重，亦有如炊烟般袅袅的叮咛。

北方有所寄

火之灵

普罗米修斯是泰坦巨人之一。在宙斯与巨人的战争中，他站在新的奥林匹斯山神一边，并用黏土造出了第一个女人。他又教会人们驯养牛马、制造车船，赐予世人犁、耙、纺锤和织布机的女神雅典娜，赋予这个女人灵魂和神圣的生命。

普罗米修斯与火有关，我在二斤哥的希腊神话连环画册里看见过。在神与人的第一次联席会议上，普罗米修斯决定烧烤过的肉的分配。他知道宙斯自私，爱吃肥肉，故意把骨头放在肉的下面，而把分给人类的肉放在皮的下面。这使宙斯非常不快，因而专横地把火从人间夺走。然而，我们的英雄普罗米修斯还是想方设法盗走火种，将其还给人间。

这有点像我们小时候在老河滩上玩过家家的游戏，抟一把泥巴，分出哪些是骨头，哪些是肉，然后装模作样分割而食。

快乐的重点还不在泥巴上，老河滩上有很多枯朽的老树，老树身上有一些风干的朽木，用手敲，空洞而苍凉，用火点燃，并不燃起火焰，只有红红的火光。风在河道里冷冷地吹，夜黑的时候，河水变成一条白白的长练。我们每人执一根点燃的朽木，在河滩上奔跑，我想，如果从天上看，肯定会看见一道道红色的火线。我们用引燃的火光在夜幕里画出各种造型，火光就像飞舞的萤火。星子也是萤火，是天上的萤火，它们看见我们贫穷的欢乐，有流星坠落。

火是万物之灵，当你面对升腾的火焰时，无法不对这一先民的图腾保持一种无上的虔诚。跳跃，每一束火焰都是一位腰肢灵动的舞者，极尽生命的激情在大地上燃烧——毕剥的声音是起伏的鼓点，抽象化的手与脚沟通天地的思想，柔弱无骨的舞姿接通万物的精神。哪怕是灰烬，在闪烁最后一缕火光时，也会引发有关生命的遐思。

我在《调鼎集·火》里也看见了如此斑斓、通灵的火焰，不同的草木造就不同的火，不同的火适用于不同食物的烹煮。"桑柴火：煮物食之，主益人。又，煮老鸭及肉等，能令极烂。能解一切毒。秽柴不宜作食。稻穗火：烹煮饭食。安人神魂，到（疑为利字）五脏六腑。麦穗火：煮饭食，主消渴、润喉、利小便。松柴火：煮饭，壮筋骨。煮茶不宜。栎柴火：煮猪肉食之，不动风。煮鸡、鸭、鹅、鱼醒（疑为腥字）等物，烂。茅柴火：炊者（疑为煮字）饮食，主明目、解毒。芦火：竹（疑为芦字）火：宜煎一切滋补药。炭火：宜煎茶，味美而不浊。"这等同于以火焰为主题写出的《本草纲目》。

由此，我找到了打开故乡味道之门的密钥。桑柴是硬柴，可烂煮老鸭与肉，且能祛毒。而秽柴不可，就如世上的孬人，即便面目看起来不算可憎，但做下的事情却让人大倒胃口。稻穗及麦穗是草木之魂，捧出饱满谷物的同时，还能以柔软的火焰烹煮流年。比如母亲做地瓜糊糊，一把

北方有所奇

麦草、几茎玉米秸秆在灶膛里燃烧，连同柔软的旧日时光，熬煮成让儿女们终生难忘的草木之香，怎能不安人神魂，怎能不消渴润喉？

柴薪一词可谓由来已久，在墨子的表述里，与火葬有关。"秦之西，有仪渠之国者，其亲戚死，聚柴薪而焚之……"人在大地上行走，与草木为邻，与星月做伴，吃的是五谷杂粮，睡的是草木制成的眠床，穿有木屐、草履、棉麻织物，在草木的密林中过完简朴的一生。架柴，引燃，一身素衣上路，在火这一万物之灵的引导下，灵魂徐徐飞升。我想这是一个浪漫而安然的归途，相较于冰棺、水晶棺的豪奢，不知轻松了多少倍。

有关火葬风俗的起源，《辞海》中称始于佛教，盛行于古代印度。《高僧传》中记载："（鸠摩罗什）卒于长安……依外国法，以火焚尸。"其时为晋。在山东鲁地，早在西汉时就有了火葬。1928年山东泰安出土一件石函（石棺），上面刻有铭文："惟汉五凤二年，鲁卅四年六月四日，司隶校尉卜伊，讨北海，四十战卒上谷，火葬家焉。"葬，藏也，可见火葬一事在我们居住的这片土地上自古就作为乡风民俗的一种形式存在。

那些远逝的魂灵，化作一缕青烟飘荡在村庄的上空。他们熟悉村庄里的一草一木，他们记得每一条街道、每一个胡同，记得住过多年的那座老屋，在面对亲人无尽的悲伤时，化为西天的一抹霞彩。

那霞彩也是燃烧的火焰，一缕缕火光在变幻，在舞动，在注视着曾经生活过的那座小小的村落。

还有深深的祝福，以火的名义。

榾柮

我好像永远也绕不开那堆柴草垛，说是柴草，其实无非是母亲平时出门捡来的棍棒。粗的细的，长的短的，被母亲一一码好，作为日常的烧柴。

母亲走后的院落，空空荡荡，柴草垛紧靠墙根，风雨剥蚀的塑料布布满了大大小小的洞，像一双双无奈望向天空的眼睛。一地南瓜秧横七竖八地爬着，爬到土墙上，厨房上，母亲的晾衣绳上。柴草垛旁边是低矮的鸡窝，红砖围砌，用一扇破门板盖着。母亲喜欢小鸡、小鸭，鸡长大了给母亲打鸣，杀吃；鸭子大了下蛋，腌咸鸭蛋。

从厨房到堂屋十五步，从堂屋到厨房十五步，母亲不知度量了多少遍。也曾摔倒在砖地上，也曾捂着胸口蹲下来，以缓解冠心病引起的心率迟缓，更多的是为我们烧火做饭，一餐又一餐，虽简单却供养了我们的筋骨与血肉。

榾柮一词发音短促而清脆，收拢嘴唇，气息从喉腔涌出，舌尖轻抵上颚，一如气息催开的花朵。陆游在《霜夜》中写道："榾柮烧残地炉冷，喔咿声断天窗明。"大概是说母亲在寒冷的深夜，将一些未燃尽的灶火扒进火盆里——这是我才享有的特殊待遇，把火盆放在床上，上面设置一只烘笼，铺好棉被，等同于现在的电褥子。等我躺在母亲的臂弯

北方有所奇

里熟睡，然后撤去，一夜黑甜的梦境。

这些木柴得来得可谓惊险，如今想起仍心有余悸。

乡村的风来得莫名，这边尚是好好的晴日，忽而风起。这时，母亲似乎有重要的事情要做，赶紧把鸡鸭赶回院落，关上门，骑着三轮车专往大风处去。风，摧枯拉朽，掀动屋瓦，呼唤着一场雨。风，吹动母亲的鬓发，吹皱母亲的脸。风，吹落杨树、柳树、刺槐树的枝条，连同那些青绿的叶子。母亲在风雨中疾走，怕被吹落的树枝再卷入更大的风里。

几年前，我生活的镇上就发生过树枝砸死人的事情。也是风雨交加，也是一位乡下母亲，她在捡拾落地的枝条时，被吹落的树枝击中头部，当场死亡。

也许你并不理解，为何乡间的母亲如此之傻，要冒着生命危险在风雨中捡拾烧柴——仅仅是为那么一点柴火而已，便在风雨中穿行。

而我知道，多年的乡村生活让我们学会了勤俭，学会了接受天地的恩赐。我们不会浪费一粒粮食，我们与草木、生灵相伴。我们不浪费一片土地，即便只有巴掌大小，也会种上粮食与蔬菜。我们骨子里真的有小农意识：为满足个人温饱，在一小块地上自耕自作。

薪火相传一词来自《庄子》："指穷于为薪，火传也，不知其尽也。"是说前一根柴刚燃烧完，后一根已经烧着，火永不熄灭；后来比喻学问、技艺或者某种精神代代相传；亦指形骸有尽而精神不灭，这更符合薪火一词发明时的初心——在大地上过完简洁的一生，化为火，化为烟，化为一种形而上的村庄灵魂，代代传继。

母亲走了，只留下一座空荡荡的院落，和一堆沉默的柴火。而我的眼前为何总是浮现出一束束跳跃的火焰，那火焰独自燃烧，在深夜化作一股暖流，一次次撞击胸膛。

询于刍荛

刍荛的释义之一是割草打柴的人，荛即割草。我在摇头晃脑读《童区寄传》时，尚未感觉到这个动作的幅度与宽博。"童区寄者，郴州荛牧儿也"，我以为是一个聪明的小孩被人骗了去，要到集市上贩卖。途中，趁强盗喝晕，小孩顺手捡起一把刀结果了一个强盗；逃跑未果，以"为两郎僮，孰若为一郎僮耶？"之辩暂时保命；又在夜半时拿刀杀死了另外一个强盗。

这是一个乡村孩子的胜利，颇为传奇的笔调叙述出了乡野之人的智慧。后来，我渐渐不再那么看，我想一个孩子在乡野上孤独地奔跑，在一定程度上肯定从自然大地上学会了很多东西。万物有灵，每一株植物都有自己独特的生存方式：比如被拦腰砍断的树木，过不了多少时日就会生长出更多枝条；比如被野火焚烧的山野，一场风一场雨就能唤醒深埋泥土的根系；比如蒲公英、柳絮、苍耳的种子，都有自己独特的交通工具，传播、繁衍在世界的各个角落。

美国作家丹尼尔·查莫维茨在《植物知道生命的答案》中指出，植物演化出了复杂的感觉和调控系统，这使它们

北方有所寄

可以随外界条件的变化调节自己的生长状态。我相信区寄在野地里割草时，潜移默化学会了植物或者动物的生存法则，在面对危险时不至于瑟瑟缩缩，而是灵光一闪，心里有了逃逸的最好路径。

薪与荛，大者为薪，小者为荛，合起来就是柴薪的意思。刍荛之士说的便是打柴草的人，亦代指土生土长的乡贤。

《诗经·板》里描述了周王的荒淫昏聩、骄妄邪僻，写他破坏礼仪，败坏社会风气，使国家、人民陷于灾难，表达了对国家前途的忧虑，并劝谏在位者敬天保民。"我虽异事，及尔同僚。我即尔谋，听我嚣嚣。我言维服，勿以为笑。先民有言，询于刍荛。"是说，我与你各司其职，但也与你同僚共事。我来和你商量事情，你不但不能听忠言，还要嫌弃我。我说的都是利于治国的实话，切莫当作儿戏。古人有句话我们都不应该忘记，有解不开的疙瘩请教打柴人也会大有裨益。

樵者上山打柴，和我们村砍柴割草没有什么实质上的区别。清晨，披着星月上山，山间是醒来的虫鸣鸟语，有流淌的飞瀑，野坡上的花草树木在晨露中绽开枝叶与花朵。累了，可以坐在树荫下看流光穿过林梢，渴了有山泉可饮。

这便是至简的生活。所谓的至简就是能抛却芜杂与喧嚣，听懂天籁。一个人一旦安静下来，就会明白生的意义与死的价值。艺术的澄明之处在于，有时不过寥寥几笔便能呈现出清晰的轮廓。

读书渐渐多了，有时我也会感觉陷入了无边的深渊，思想与思想的对撞与博弈，哲学形式上的深奥难懂，常常让我手足无措。但静下心来便想，再复杂的世界不过就是人与物的相互依存，再烦琐的纹理不过就是人与人之间的话语命题。自己选择的一条小径，是不是也会曲径通幽，通向未知的光明？

清代刘开的《问说》中叙述了"问"在学习过程中的重要作用，"是故狂夫之言，圣人择之；刍荛之微，先民询之"，也说出了不耻下问的重要意义。在乡间生活了许多年，我知道我所追寻的答案何在：问天，问地，问花，问草，问蛰居村庄的乡民，也许就能找到生死之源。

猪 简 史

猪，爱的启蒙

就这样开始吧，像很多事情一样，总有开始的那一刻。我坐下来，展平稿纸，就像面对一位应该记述的亲人那样。它面孔清晰，目光清澈，走动时的姿势甚至早已刻印在我漫长的生活里。（我有必要对一头猪保持尊敬，因为它的存在对于我，或者我的家庭来说曾经占据了很重要的位置。）

母亲养猪由来已久。土法，在本不算大的院子里，靠近西墙根搭建了一爿猪圈，左边是二大娘家的老屋，右边是厨房，圈门一开始是老房子的一扇木格窗，仅有的一道墙是二哥在家时用红砖所砌。猪圈较矮，有时大点的猪崽会练习跨栏，后退，起步，凌空一跃，连滚带爬冲出猪圈。

我熟悉猪圈浓重的气味，就像熟悉我家院子里的一草一物。农家拮据，没钱买化肥，所以人要勤快。"人勤地不懒"，父亲在世时常这么说。于是，姐姐们和我常拉起一架排子车，去北地取棉花田里遗落的棉叶、草梗等，运回家里，堆放在院门口，用来填补猪圈，制造积肥。我一直怀疑这样堆积起来的浮土没有肥力，答案也显而易见。好几年，交售完公粮，不到年底，我家的粮囤就见了底。当时二姨哥在县化肥厂上班，看我家穷得实在不成样子，给我们拉了几桶氰胺水来肥田。由此，粮食产量才逐年提高。

汉字不可谓不神奇，"家"的部首象征房屋，下部是个"豕"字，豕就是猪，有豕才叫家。少时曾读《三字经》，"马牛羊，鸡犬豕"，说的就是作为一户农家，必须有六畜才算完满。

我家的老母猪躺在低矮的圈棚下闭目养神，一窝小猪崽在院子里溜达，偶尔挤在墙根下，像我们小时候玩挤磨磨的游戏，"挤，挤呀哟，挤出来尿三泡"。猪崽们不会说，吵嚷着，翻滚着，一双双小眼睛咕噜噜转。吃奶时，大多是一窝蜂向猪圈里涌去，在老母猪的肚皮上使劲拱。尚未睡醒的老母猪以哼哼表示拒绝，以站起身来表示尚未到吃饭的钟点。到底是磨不过，一窝猪崽的吵嚷声足以掀开猪圈的顶棚，无奈，老母猪只得半躺下来，任崽子们在肚皮上扑腾。

对于爱，我没有受过什么启蒙，除了儿时被母亲背在肩上，抱在怀里，几乎不懂得世间有爱。然而从一头老母猪身上，我看见了爱的光芒。风和日丽尚好，遇上接连阴雨，猪崽子挤嚷、堆叠，老母猪不得不腾出地方，自己站在顶棚外淋雨，让一窝猪崽享受仅有的三尺干土。邻家有狗，常来抢食，老母猪必严阵以待，目露凶光，以守护猪崽。还有一件事，某年一窝猪崽里出现了一头僵猪（即只见吃食，就是不长个儿的猪崽），老母猪对其表现出极具人文情怀的特别关注。

梁实秋先生说过："我在乡间居住的时候，女佣不断地要求养猪，她常年茹素，并不希冀吃肉，更不希冀赚钱，她只是觉得家里没有几只猪儿便不像是个家，虽然有了猫，狗和孩子，还是不够。我终于买了两只小猪。她立刻眉开眼笑……"我笃信这样的描述。一个常年在乡下劳作的农人，回到家有诸多活物相迎便觉得生活有了依靠。鸡在窝里卖弄咯咯哒的叫声；狗紧跟在脚跟后面以示其忠心耿耿；鸭、鹅一向矜持，看主人回来，昂起头目测一下与谷物的距离，慢悠悠站起身来。如果有一窝猪呢，那该是一幅怎样的景象——老母猪对着圈外吭哧吭哧，猪崽们吵吵嚷嚷，都想要发表感言，以示欢迎或抗议。

我母亲这时的做法，一般是急匆匆进屋，顾不上换掉脚上的泥鞋，左手抓一把玉米，右手挖一瓢麦麸草面。先把玉米、麦麸草面撒在院子里，紧接着从锅里盛出早晨炸好的红薯，连汤带水倒进猪槽里。听见呱嗒呱嗒的抢食声，这才一屁股坐在门墩上，磕鞋子里的土。

猪眼看世界

我有时认为一头猪所做的贡献大于人类，起码猪不会预谋一场战争，不会觊觎别国丰饶的物产，企图用枪炮轰开对方的大门。从某种意义上说，猪应该算是民间的慈善大使。

在我们村，养猪基本上是为了积攒零碎资财。平素吃剩的饭菜，野草，收获地瓜的节气搭在树杈上的地瓜秧、房顶上的花生秧、麦场里堆得馒头似的麦草，都是猪的食物。猪有一个偌大的胃囊，可以容纳质朴乡村的许多边角料。猪不挑食，但凡可以入口的草木，嚼起来都哒哒有声。不像小时的我，看母亲炉好玉米饼子，一赌气，转身去了老河滩。

多年的乡村生活，让我窥见了猪在这个苍凉人世的生生死死。而猪也见证着村庄的发展与变迁，或许在猪的世界里，也有智者记录着自身生存发展的轨迹。只是，我们尚不懂猪语，无法了解一头猪以何种方式记载了自己的历史，以何种眼光看待世事轮回。

养猪在我国的起源与发展，大略可以追溯到新石器时代。在长江中下游的浙江余姚河姆渡遗址和桐乡罗家角遗址，考古工作者发现了许多动物骨骼，其中家猪的骨骼占了很大一部分。还出土了陶猪，证实饲养家猪出现在公元前5000年到公元前4000年，距今已有六七千年的历史。

我想象过第一头被豢养的猪，如何突破了心理防线，放弃野外的生活，进化为家族的始祖。我们的祖先在无数次茹毛饮血之后，发现了火，继而在一场火灾中发现了一头被炙烤而死的猎物。肉的浓香沿着渐渐消隐的火光散发出来，丝丝缕缕，导入鼻息。这是一次伟大的发现：原来熟透的肉会散发出如此诱人的气息，且口感良好，不再需要撕撕扯扯，挥起尖锐的石器，切开而食。

第一头猪不必怀着对死亡的恐惧接近人类，但是闪着寒

　　　　　　　　　　　　　　　　北方有所奇

光的獠牙仍显示出极不情愿的态度。我们的祖先施以柔韧的棕网，连拖带拽，将那头猪拖至简陋的场院。一部分人的态度是不必做非分之想，野生族群的凶猛本质永远不能改变。有异见者不得不隐瞒一个事实：用另一头野猪充数，或放或杀，将原先那头猪的始祖偷偷豢养起来。给予菜叶、清水，给予温和的态度，渐渐地，这头猪凶恶的眼神开始柔软，对人类给予的食物放下了戒备之心。

由此，一头划时代的猪出现了，代表猪家族对于人类的驯化有了更高一层的认知。这头猪不必在月黑风高的夜晚冒犯农家，睁开眼食物就摆在眼前，有简易的棚子可以遮风挡雨，放风时还可以晒晒太阳，完全不必为明天的生活寝食难安。

一头猪眼中的世界是无法用一支笔来描述的。在我们村，那时几乎家家养猪，到了时日，就到集市上交易。集市不远，在一面敞口的坑塘里，是牛马猪羊市。牛瞪着一双铜铃似的眼看主人手中的缰绳易换，马尥起蹶子表达心中的愤懑，羊脾气和善地看主人和牙子在袖筒里捏价钱，而后被塞进闷罐似的三轮车里，突突远去。一头处于儿童期的猪崽是不会被屠夫胡三宰杀的，购买者往往是一位穿戴土气的农妇，她看看肚皮，翻翻眼，没有啥毛病便可以成交。

猪仿佛已经卜测到自己任人宰割的命运，所以很多时候并不消耗太多体力，吃饱了睡，睡醒了吃，而后躺卧在一隅小小的猪圈里，看流云飞过村庄的上空。这是比较诗意的时刻，恰恰符合我们村懒汉晕三的价值观："今朝有酒今朝醉，明日愁来明日愁。"只是猪不会吟诗作对，极短的尾巴滑稽地扫来扫去，驱赶着来犯的蚊蝇，打发无聊的时间。

我相信波伦的书写，苹果的甘甜被证实是进化中的一种强大力量，靠着把自己的种子包裹在甜的、有营养的果肉里，那些结果的植物如苹果就找到了一种创造性的方式来培育哺乳动物喜好甘甜的牙齿。为了得到果糖，动物和人就得运输这些种子，由此植物扩大了它们的生长范围。猪也是如此，在提供美味与营养的同时，撬动了世界经济的杠杆，拉动了庞大的商业链条，养猪者、贩猪者、屠宰者、运输者、猪肉深加工者，无一不为猪的族群提供更便利的游走世界的条件。

由此，我们村的猪才得以生生不息，一边在遮风挡雨的猪圈里做着"如花美眷，似水流年"的美梦，一边呼吸着人类尚觉奢侈的田园气息。

猪，半壁江山

半壁江山是菜名，几年前在一次同学聚会上，有人说"下一道菜是半壁江山"，觉得新奇，于是翘首期待。等端上来，原来是半个猪脸在盘子里微笑，那神情仿佛在说："不小心被猪耍了吧。"又一次，在市里一次表彰会上，翻看菜单，一个菜名入眼："走在乡间小道上。"问服务员，答曰："五香猪蹄。"

走在乡间小路上的猪，一般不是为了赶路，而是想在吃

北方有所寄

了一冬天麦麸、地瓜秧、花生秧、麦秸后，换换口味。见到田野里的麦苗，啃个满嘴青，一嘴獠牙里都是春天的味道。不过我想说的是，我从小就爱吃猪肉，和多数国人一样，爱吃母亲包的白菜猪肉馅水饺，爱吃父亲做的红烧排骨，爱吃东北大铁锅里的猪肉酸菜炖粉条。只可惜当时家里太穷，很少能吃到香喷喷的猪肉。

　　记忆最深的是，村里有人死了或者有人家娶媳妇时，一个村子里的人就去这人家里吃流水席。快晌午了，母亲忙完了手中的活计，终于递给父亲五块钱，说："去吃席吧。"我羞涩，觉得两个人吃席拿一份份子钱，面子上不好看，扭扭捏捏。终于抵不过红烧肉的诱惑，跟在父亲后面，去了老会计家。碗小，是红烧扣肉，意思就是把蒸好的猪肉反扣在另一只碗里，酱红的肉皮排列整齐，呈现在面前。一个桌子坐八个人，往往不够一人一片，父亲这才显示出他强势的一面，站起来，左手拢着，右手用筷子夹了三次，两片归我，一片归他。至今，我还能想起当时吃红烧肉时的感觉，闭上眼，忽忽悠悠像是升天为仙：脚下是缭绕的云，身边是飞翔的仙鹤，鼻子里是一股股红烧肉的香味儿。后来才想到，大略神仙们是不屑吃猪肉的，有仙桃圣果，有佳肴美酒，仙乐飘飘，哪能顾及如此俗物？

　　食用猪肉的说法，最早出现在《诗经》中："执豕于牢，酌之用匏。"是说到圈里捉猪宰杀，在杯中斟满美酒，酒足饭饱之际，人们共同推举首领。这是被赋予了一定含义的猪肉，大快朵颐中，隐现出一个礼仪之邦的雏形。

猪简史　　　　　　　　　　　　　　　　　　　　155

更接地气的猪肉食用之法出现在苏东坡家。当时苏东坡的妻子王弗在炖肘子时一时疏忽，忘了熄火，肘子焦黄粘锅，于是连忙加各种配料，以文火慢煮，以掩饰焦味。不料如此一来，焦黄的肘子味道之好出乎意料，乐坏了老饕东坡。自此他反复炮制，还向亲友团大力推广。有关猪肉的美味，有诗可证："黄州好猪肉，价贱如泥土。贵者不肯吃，贫者不解煮，早晨起来打两碗，饱得自家君莫管。"

可见庖厨一事足有化腐朽为神奇的力量。毛主席也爱吃猪肉，小时候看电影，一打了胜仗毛主席就跟警务员说，来碗红烧猪肉。新中国成立后，毛主席发表了《关于养猪事业的一封信》，提出猪应为六畜之首："一人一猪，一亩一猪，如果办到了，肥料的主要来源就解决了。这是有机化学肥料，比无机化学肥料优胜十倍。一头猪就是一个小型有机化肥工厂。而且猪又有肉，又有鬃，又有皮，又有骨，又有内脏（可以作制药原料），我们何乐而不为呢？"这是被赋予了革命情怀的猪，为建设新中国可谓立下汗"猪"功劳。

在我们村，每当夜幕降临，猪的喊叫声就此起彼伏。有长音的，低沉深邃，像蒙古长调；有颤音的，像约德尔唱法；有急促粗短的，像山东梆子；有哀怨悠长的，似河南豫剧；有悲声大放的，如京韵大鼓。大猪喊主人，小猪喊母猪，公猪嘶喊独身之苦，母猪抱怨拉儿扯女之苦。过了很久，猪的抗议声才逐渐消减，淹没在一片浓重的夜色之中，随之而起的是满足的酣眠，猪与人渐次走进黑甜的梦境。

翻开《随园食单》，牺牲单一项所写几乎全是以猪肉为

北方有所寄

主料的炮制之方，我不妨从头抄录：猪头二法，猪蹄四法，猪爪、猪筋，猪肚二法，猪肺二法，猪腰，猪里肉，白片肉，红煨肉三法，白煨肉，油灼肉，干锅蒸肉，盖碗装肉，脱沙肉，晒干肉，火腿煨肉……林林总总，陷入一片猪肉林中，让人只觉得有猪真好。

如此食肉，大略仍算平常之法，无非给猪肉换了一个又一个名头，没有实质性区别。有一年去湘西，得以亲尝湘西腊肉的味道。素朴农家，多以家养猪为食材，猪吃的是自家田地里的谷物，喝的是流淌的溪水。每到年关，一头笨猪刚好养成，宰杀，割成细长条，以草木之火熏之。若说故乡之味，我想这就是了。腊肉竹笋，一边是山野竹林的气息，一边是时间熏制的腊味儿，其肉浓香馥郁，野味真纯，若佐以当地特产的米酒，会瞬间引出思乡的泪水。

我国是全世界猪肉消费量最大的国家，说猪肉是中国肉界的半壁江山也不为过。一头默默无闻的猪，以"牺牲"这个词语的原意向世人传递讯息——离开猪，人类的生活将无法想象。

猪命如草

在乡下，随处可见葳蕤的青草，这是草的力量。在我们村，野草一度作为猪的主食，让我们的童年徒增许多负累。放学后，母亲往往会说："看蚂蚁上树有个屁用，去南岗子割草！"

于是快快不快地拎起一只土篮，一手挥舞镰刀，想要割碎这无聊的时间。猪殃殃、狗牙草、荠菜、水稗草，好像再多的草都不能填满猪巨大的胃囊，以至于我们整个童年都淹没在草丛里。水生之草，就是我们村池塘里的浮萍，夏日炎炎，浮萍勃发，晨起已是满眼的青绿。我会一边捉树根下的青蛙，一边打捞浮萍，以满足我们家老母猪的口腹之欲。

　　从当年的本地土猪，到后来的杜洛克猪，我家养猪经历了几十年时间。母亲积攒猪财的做法一般是：卖了当窝的猪崽，除了老母猪只留其一，得来的钱款存于葛庙集信用社。等留下的那头猪长成，卖给猪贩子，以换取下一窝猪崽的口粮。积攒的卖猪崽的零碎钱款，用来购置砖瓦、木料，给我们弟兄四个盖房屋。如此往复，竟然把一个九口之家过得风生水起，套用母亲最喜欢说的一句话，就是"总算没有一个打光棍儿的"。

　　这是实用主义的终极表现，被我母亲一不小心发挥到极致。而猪依然是猪，需要情欲的表达。

　　猪发情，在我们村叫"打圈子"，一到这个季节，猪圈里的老母猪就会寝食难安，口吐白沫，到处乱拱，甚至跳出低矮的墙头，漫无目的地寻觅一些破衣裳、烂麻团、干草衔进猪圈。

　　面对一头双眼赤红的猪，最好的方法就是赶紧去找集上的周瘸子。周瘸子是远近闻名的种猪饲养者，一身腥臊走过，浓重的味道弥漫半条街道，经久不散。我常常看见周瘸

　　　　　　　　　　　　　　北方有所奇

子骑猪而过的场景，他嘴里叼着纸烟，哼着小调，与种猪的哼哧声形成和谐的唱和。他一手执一根柳条，看猪想要拐进谁家田里，就佯作发怒的样子挥起，种猪便老老实实，像一头忠实的驴子驮着周瘸子走进一片浓密的树荫里。

有一次，我家的老母猪动了凡心，打也不成，骂也不听，竟然在一个浓雾缭绕的清晨翻墙而出。看来，我家的老母猪也不乏浪漫，浓雾在湿漉漉的空气中滚动，被母亲催促从被窝里爬起的我一路小跑，沿着蜿蜒的乡间小道一路寻觅。到了一片树林子，老母猪七拐八拐不见了踪迹，我伏在树干上仔细听，雾凝集成露，滴在脖颈里，凉凉的。不远处有簌簌声，我踮着脚，拨开浓重的雾气，发现老母猪正隐藏在一株老树的后面，心中顿时火起，跳了出去。受到惊扰的老母猪又是一路狂奔，那速度绝对不亚于一个跨栏高手。最终，我在追赶的过程中摔了一跤，手磕在玻璃碴子上，留下半寸的伤口，到现在尚有一条硬硬的疤痕，每到阴天，就开始发痒。

这是养猪生活中常见的场景，相信有过乡村生活经历的人都不会感到奇怪。莫言的《生死疲劳》中就写过西门猪夜观杏园的场景，那是魔幻主义的表达。我们村的猪，大多活在现实的层面，有时为了人类的需要，不得不做出肉体上的牺牲，放弃作为一头猪的尊严。

阉猪，大致起源于商周时代。《易经》记载"豮豕之牙，吉"，意即阉割了的猪，性子会变得驯顺，虽有锋利的牙，但不足为害。《礼记》也说"豕曰刚鬣，豚曰腯肥"，意即未阉割的猪皮厚、毛粗，叫"豕"；阉割后的猪膘满臀圆，叫"豚"。由此可见，猪家族的发展史也是血泪斑斑。

五叔阉猪，基本上是动土法手术。一把剃头刀，一根针，一根线，用白酒浸泡，从猪圈里捞起一头小猪，哪管其嗷嗷反抗。五叔的手段尚可，一年到头，不知多少猪在他手下"手术"。他总是很快捏出两枚圆润的猪蛋，与鸭蛋大小相仿，筋脉仍在跳动，然后手下针线翻飞，再在伤口上撒一把草木灰，就算手术完成。我吃过火烧猪蛋，埋在尚有余烬的灶膛里，半晌取出，剥开外面包裹的荷叶，蘸盐，其香深刻。

至于杀猪，我所见到的是村庄里杀年猪的场景，过程太过残酷，在这里略去。面对"人为刀俎，我为鱼肉"的场面，一头命如草芥的猪也会不寒而栗。

猪，亥日人君

美国乔治亚大学遗传学家麦卡锡曾提出"人类是黑猩猩与猪杂交的后代"这一推论，并引起广泛关注。在此，我们不去探究其观点是否成立，但猪与人类以及文化链接已久，是不争的事实。猪与人一样有着厚厚的皮下脂肪，并且猪的皮肤与心脏瓣膜可以移植到人体，为医疗事业做出了莫大贡献。我们村的猪，在日复一日的生活中吃的是草，贡献出来的是肥瘦相间的五花肉，这是另外一种层面的献身精神。

"束脩"一词来源于《论语·述而》。古代入学不需要什么书费、学杂费，只需要提几条干肉，便能学到修身、齐家、治国、平天下的本事。孔子他老人家可谓看得开："只要带了拜师挚礼（十条腊肉），就没有我不教育的人。"十条腊肉应该不是了不得的厚礼，即使一般穷苦人家，稍作努力，也应该还是拿得出这份挚礼的。不然，孔门就不会有那么多出身寒门的穷学生，诸如颜回、子路、卜商、冉求、仲弓、原宪、伯牛等。我不是什么好学生，中途辍学，落得做剃头匠的结局，但迷途知返，过了而立之年开启文学之路并乐在其中，想必也有那一小条猪肉的功劳。

一本书中提到，在原始社会，有的氏族以猪为图腾，《山海经》载"彘身而载玉""彘身而八足蛇尾"，说的就是原始人对猪这一图腾的崇拜。在辽宁的某座小渔村，我见过以猪为龙进行祭拜的场景。"二月二，龙抬头。"渔家把前日备好的猪头摆放在船头，燃起香烛，一家人跪地而拜，祈祷走在浪尖上的岁月平安富足，消弭大海带来的灾难。那一刻风平浪静，好像真的有神灵站在云端，随后百舸争流，开始打捞颠簸在风浪中的烟火日月。

老祖母坐在月光下，手中捻着一根长长的棉线，说："女娲第一天造鸡，鸡一叫，天门开，日月星辰齐出来。第二天造狗，狗一叫，月亮升，千家万户点油灯。等到第三天造猪，风打门，雨敲窗，人就有了最近的伙伴。就这样，第七天才抓了一把黄河滩上的土，揉揉搓搓，做成人的模样，就有了现在青天白日的世界。"月光洒在老祖母沧桑的脸上，她皮肤的每一个褶痕里仿佛都深藏着一段故事。

这是传奇的猪，沿着人类历史发展的轨迹走走停停，来到乡村的屋檐下，被赋予了更深一层的含义。那一年猪瘟大作，我和母亲在院子里撒了很多生石灰也没能阻止瘟疫的扩散，只能眼看着为我家立过汗马功劳的老母猪躺在日光下，双眼赤红，身上烧得烫人。母亲让我把小猪撵进猪圈，但是老母猪一有响动它就会冲出来，将小小的躯体贴在老母猪身上。是为了给母亲降温，还是最后的陪伴？

《抱朴子》中提到"山中亥日称人君者，猪也"，把猪提到了人上人的高度加以崇拜。我想这是毋庸置疑的，毕竟在万物进化的过程中，猪与人相伴走过太远的路程，猪曾给予人类太多的暖意。从敬畏自然的角度来看，猪也当得起"人君"这一高格的称呼。

借此，祭奠我家那头劳苦功高的老母猪，是它陪伴母亲和我们度过贫寒的岁月。

北方有所寄

牛的乡村编年史

一、现实主义的牛轭

一只现实主义的牛轭挂在山墙上，星光抚过，月光抚过，却褪不去光阴浸染的青色。

潘安仁在《耕田赋》里说，青色的犍牛架着青白色的轭。想想真是觉得有些诗意。早春田野，黄昏，一头青牛躬耕于野。夕阳金色的光芒，掩饰不住耕耘的疲惫，薄薄的暮色，遮盖不住牛轭上隐隐的青白之光。

牛轭来源于一棵乡间的树，枣或桑，结实但沉重，徒增牛的负累，就像穿着甲胄，无论如何也使不出浑身的劲儿。苦楝树，乡间苦水泡大的树种，结一种苦涩的青果。麻雀喜欢站在秋日的枝头瞭望，大概在荒芜的原野上，很难找到一粒草籽或谷物，这才迁就自己，以一枚苦楝树的青果充饥，唧唧叫苦。

取经年的树杈，丫字形，便于套上牛高耸的肩胛。每一头牛的肩胛，都深藏着斑斑血泪，每一头牛在肩负牛轭时，却又仿佛充满了力量。

一头牛活在现实主义的村庄，没有粮食与棉衣。我能理解，当一位憨厚的农人看着倒卧在地的耕牛，心事如何瘦骨嶙峋。是牛代替自己在原野上奔走，是牛用饱满的色彩为人的命运浓墨抒情。牛总要老去，无论如何哄骗、鞭策，都不能再次站起。它眼里流动着哀恸，凝视田野最后一眼，随一阵风，潜入故乡的土地。

家在鲁西南，自古有养牛的传统。遍地耕牛，大概是从陶朱公那里开始的。"子欲速富，当畜五牸。"五牸，指牛、马、猪、羊、驴五种母畜，青牛为首。

牛的脾性甚好，像善于满足的农人，只知道埋头苦干，却不问其他琐碎。因为肩负农耕的重任，一头牛只能饱食青草，啜饮清泉。春夏时节，鲁西平原上的草喝足了雨水，茂盛丰美。肩揹杞柳编织的土篮，男女长幼只要有一分力气，有一丝空闲，就去田野上割草。秋冬，吃完了晒干的青草，有麦秸、稻草，在月光下喂进铡刀。铡刀上流淌着清明的月光，人心无旁骛地给铡刀喂草。寸许的小段，以清水淘洗，拌以少量大麦、玉米，牛便咀嚼起来，风卷残云。

说到麦皮，总有些让人感伤。牛将麦子耕种，牛将麦子碾压，麦粒归人，牛只能分到一份麦皮。印象中，那些飘浮如尘的麦皮顺风堆积在一起，父亲嘱咐我们收回家喂牛，足足贮了半间土屋。天知道那些瘠薄的麦皮里有无养分，那些尖利的麦芒又如何经由一头青牛的喉道，咽进肠胃。一次又一次，隐忍胃壁灼烧般的疼痛。

北方有所寄

二、牧，或者月光下听琴

对牛弹琴一词，足以显示出人的狭隘和目光短浅，以为只有人才能听懂起伏跌宕的旋律。这样一来，无疑拔高了人本身，却贬低了一头耕耘乡间的牛。若光阴倒转，我会找到那个对该词脱口而出的人，问流水的琴弦、清风的瑶筝、星光的鼓点都是为谁而鸣。阒静的乡村之夜，为衣食奔忙的人倒头入梦，唯留一弯新月，一头牛在月光下听草木弹奏的琴声。

牧童能懂。牧童斜吹柳笛，坐在牛的脊背上，放牧牛，放牧春天，也放牧自己。梨花开，杏花白，一头青牛用弯弯的犄角，轻轻抵开冬日的最后一扇角门，来到老河滩，初尝春花春草的滋味。

嚼了一冬的麦草、稻草，疲惫的胃囊一阵阵抽搐。草解牛意，只有青草知道一头牛苦涩的心境，于是在一场雨后，齐刷刷长起。

我放牧过一头牛。牛的眼神里有泉水的微澜、蓝色天空的深邃和野草茵茵的青绿。在与牛对视的刹那，我看见了自己，看见自己不曾遗忘的童年或前世，那时的我是一头温顺的牛，走向无边的旷野，走向流水的更远处。

牛入诗，"老牛粗了耕耘债，啮草坡头卧夕阳"。就连杏花村的方向，也跟着牛的眼神转过去。"牧童遥指杏花村"，牛一样是隐而不显，一样躲在暮色苍茫之后看着绵绵春雨、看着柳树发芽。诗人欲觅旧友微醺，同醉于六朝的春风春雨，共赴杜康、刘伶的淡泊清梦。

牛不管。牛不是不懂人世寒凉，只是学会了讷言。

《齐民要术》中说："服牛乘马，量其力能；寒温饮饲，适其天性……"牛听命于天，听命于饲养者的贫寒之家。寒舍陋室，牛在咀嚼一束青草或麦皮麦芒之后，听墙角传来的促织之声。尘世寒凉，唯有天地可依；人世迷途，唯有草木可近。牛的秉性，更像乡间草木，安静内敛，无欲无求。

月光沿着透风的屋脊，流过瓦松的指缝。牛会在安静的夜里仰望星空，静观天象。与其像马一样奔跑，不如俯首大地，踏踏实实，做一些力所能及的事情。农人可悯，夏有骄阳，冬有寒冰，薄薄的衣衫下怀揣对天地的信仰，对生的寄托。

李可染善画牛，本自取法八大，笔法简洁晓畅。后又师从齐师白石，锻炼朴拙之法。从二十世纪四十年代开始，直到生命结束，李可染不断地画牛，以至于人们把他的牛同齐白石的虾、徐悲鸿的马、黄胄的驴并称为二十世纪中国的水墨四绝。

画牛者，从牛的身上悟出生命的真义。浅淡的笔墨、瘦瘦的肩胛、宽展的脊背、沉稳的步伐，将一头牛定格在广袤的土地。乡愁，浓浓的乡愁里，很难说没有一声牛哞穿过清白的月光，直抵灵魂深处。

师牛堂，是大师最喜欢的斋号。而一头牛，仍蜷卧在月光下听琴，月白风清，听取知音三两弦，弹拨草木琵琶音。

三、青牛，老子，牛鼻环

说起牛鼻环，让人不免替牛隐隐作痛。

岁余的牛犊，尚未泯灭牛的野性，越过高高的栅栏在晨光中奔跑，它以为这就是愉悦的一天的开始，想当然以为也会有一个轻松而圆满的结局。

然而牛错了。几个青壮劳力用一把青草将其引诱，缩小包围圈。牛并不觉得人的眼里有恶意，只是以为人和自己开了一个小小的玩笑，抑或在玩藏猫猫的游戏。它左躲右闪，左冲右突，还是没能冲出包围圈。捉住就捉住吧，大不了返回牛圈，向母亲哭诉心中的委屈。

可是牛又错了。牛鼻环在小铜匠的手中闪光，小铜匠闪着包皮的铜牙说，他的手艺绝对上等，纯铜，经过九九八十一次锻打，结实柔韧，不烧牛鼻子，不上火。

牛犊的眼中尽是哀伤，被人扼住了脖子，绊住了腿脚，丝毫不能动弹。锥是母亲纳鞋底子的改锥，银光闪闪，在火焰上烧至通红，冷却；又浸入烧酒，消毒。风一样快。疼痛也像风一样尖厉，刺穿稚嫩的鼻孔。金光闪闪的铜环，真的像老子的乾坤圈，结结实实扎进牛的皮肉。鲜红的血，一滴一滴，跌落泥土。

祖母爱讲那段有关青牛的老故事。老子小的时候，和邻居小二一起去南山割草。太清宫南面有一群无法无天的野牛，狼虫虎豹对它们也惧怕三分。然而老子李耳不怕，若怕也就不会有骑青牛过潼关的故事了。那日，天阴沉沉的，老子和小二割草割累了，在一块大青石下逮蛐子、捉蚂蚱，忽然不远处的山洞里刮来一股黑风，气势汹汹，接着出现一头吹鼻子瞪眼的大野牛。小二吓得瘫软在地，老子则灵巧地躲过扑来的野牛，用镰刀在牛腚上狠狠砍了几下。野牛悲鸣着远去。没过一炷香的工夫，天也颤地也颤，一头更大的野牛出现了，牛眼像铜铃，牛角似棒槌。这时的老子反倒更加镇定，挥手举起乾坤圈，打掉了野牛的三颗门牙，震弯了野青牛的犄角，乾坤圈安安稳稳落在牛鼻子上。老子骑上青牛，扯着牛鼻环，唱着牧歌回了家。

当然，想来祖母或许因我少不经事而拿故事哄骗了我，不过把这当作野牛驯化史上魔幻的一笔，也未尝不可。

趋向事实的故事记录在刘向的《列仙传》里："后周德衰，乃乘青牛车去，入大秦。过西关，关令尹喜望气先知焉，乃物色遮候之。已而老子果至，乃强使著书，作《道德经》五千余言，为道家之宗。"

怪不得，牛是得道之牛，在与人相处的过程中，逐渐领悟了无为而为之道。无为而为，崇尚阴柔，心怀悲悯。牛哞哞于原野，才唤醒一派融融的家园胜景。

四、去势的过程，或斗牛之痛

六月六，捶牤牛。我看着父亲，他一大清早出门，找来一群人和一条柔韧的棕绳。

牛的眼中尽是哀怨，相信它的记忆里，一直会存留这样

北方有所奇

一幅残酷的画面。直至终老，也未能解开心中的谜团，为何人有时会如此凶如恶煞，冷酷无情。

六月的田野，玉米的嫩芽刺破大地，香附子探头探脑，看着火辣辣的日头，蜷缩进梦里。蝉因无聊拼命嘶鸣，仿佛是为了释放深埋地下两三年的幽怨。柳树性温，久用的柳木棒槌据说温良适当，刚好适合给成年的公牛去势。我家的那头黑犍牛，脖子梗着，却不能撼动一株碗口粗细的刺槐树。劁者——略懂一些兽医土方的扁担爷，眯着眼睛往牛裆里瞅，在牛蛋上洒了一些盐水，算是消毒。犄角固定，脖子固定，腿脚用绳索捆绑，绳子与皮肉之间已经不见一丝缝隙。柳木棒槌沉闷的扑嗒声响起，牛的悲鸣像一首压抑的悼亡曲，使我心房震颤。

如此，我宁愿相信野牛驯化的过程，是老子立下了首功，不至于让一头牛疼痛彻骨。祖母是善良的，即使是讲故事，也愿意留下一个温暖的结局。

如此，我像莫言笔下那个瘦弱的孩子，被父亲嘱咐牵着那头黑犍牛去遛。我相信，莫言一定也经历过这样的时刻，牵过一头面临厄运的牛。

汗珠，雨一样跌落。我一边轻抚黑犍牛的皮毛，一边往阴凉处行走。牛在打战，四肢、骨骸以及全身的血肉。它应该想停下来，躺卧在青草地，哪怕一分一秒，稍稍缓解一下让它失去尊严的痛楚。但这是不被允许的，一头经过现实主义鞭策、浪漫主义描绘，乃至魔幻现实主义解构的牛，不能在我的手中死亡。

起源于十三世纪，原本为祈祷畜牧业兴旺或者农业丰收而祭祀神灵的一项宗教活动，却演变成残酷的西班牙斗牛。在西班牙，斗牛是一种"国粹"，三月至十一月，这漫长的时间，是为牛设下的死亡怪圈。以鲜红的绸布为诱饵，把竞技升华为勇士之舞，斗牛士身穿紧身衣，闪展腾挪，像一只猴子般蹿来跳去，只为激起一头牛的愤怒。这是一种畸形的审美，是病态的癖好。

祭坛上的公牛被再次送进牛栏，等待它的，将是由所谓的勇士赐予的死亡节日。

如今，西班牙的一些地方已经取消斗牛活动。那头退役的斗牛将被称为神牛，不再被杀戮。像鲁西南耕耘一生的牛，在光阴中慢慢老去，化作一缕草木之魂，在家园上空徘徊、滞留、凝望。

北方有所寄

羊叙事

一、那时候满天跑着羊群

我来到小河边，我赶着一群羊来到小河边。小河弯弯曲曲，像一根看不见尽头的羊肠子。过年，家里杀羊，屠夫羊二嘴里衔着锋利的小刀子，让我用力握住羊腿。羊腿是抓住了，却憋得小脸通红，我自己的腿也抽起筋来。于是眯上眼睛。眯上眼睛就看不见羊的疼痛了，眯上眼睛，就好像进了安全区，视线以外的东西与我无关，羊的疼痛与我无关。我只不过是在尽一点绵薄之力，让羊在哀叫之后，睁大恐惧旋即又平静下来的双眼。羊肠子曲里拐弯，到底有多长，我不知道。用苇管清洗了整整一个时辰，收羊肠子的小贩才赶到。

羊肠子般的小河从西边流过来，从太阳落下的地方，流向太阳升起的东方。羊吃草，小河里长满野草。这里不是像绿色魔毯一样的草原，小河纤细，所以野草看起来也温柔。温柔的草养育着温柔的羊，羊只向我看了一眼，我便感觉自己是个十恶不赦的家伙。我抓过羊腿的那只手，论基因，应该和羊差得不算太远。或许那天那只羊哀叫的时候，它们也曾听见，无力反抗，也不能辩解。只是用一双温柔的眼，睃了我一下，继续在羊村的土地上温柔下去。

我看着小河里自己的样子，头发卷曲，像顶着一头黑色卷曲的羊毛。在羊村，头发卷曲的不止我一个。羊小黑、羊二白、羊随，都顶了一头和我一样的卷毛。那天，我们在小河道里，一起对着河水照镜子，比来比去，厮打起来。一些黑色的卷发随风飘舞，落进水里，漩涡里转了几圈，再也看不见影子。卷毛有什么不好呢？我们看看自己，又看看安静的低头吃草的羊。通常，小羊生下来的时候，一身卷毛，胖嘟嘟，圆滚滚，在河滩上撒着欢儿；长大后，却是另一副尊容——代表天真的卷毛，不知道哪天被风吹走了，眼睛安静了许多，也忧伤了许多。

忧伤的羊，忧伤的云彩。那时候我可能想不起来这样诗意的句子。也许呢，会比这更加诗意，我手里拿着羊鞭，混在羊群里，嘴里耀武扬威地喝令。生在乡间的我，起码比羊懂得生活的秩序。庄稼是人种的，为了能让人活命。树是要长成栋梁的，以后可以用来盖房娶媳妇。羊只能吃草，满坡的野草才是为羊而生。草不会抱怨，也不会逃走，会像一只等待宰割的羊，刀子落下来，只低低地哀叫两声；而后，云淡风轻，在蚕食下期待新生。

我尝试过像羊一样，俯向大地，将草叶抵在嘴里。一次只能够咬到塞牙缝儿的那么一点点草，才知道，羊有多辛

北方有所奇

苦。它们不怕苦，不怕累，一天到晚重复着机械的动作。长大了，养肥了，成为村人或羊村以外人的盘中美食。看着人们张开大嘴，撕咬羊的某一个部位时，我想，饕餮者，你知不知道，为了长好那一小块羊肉，羊村的羊曾低下过多少次头，咬合过多少次，又咀嚼多少次，才在来往的风尘岁月中，积累起那么一点点血肉之重？

我抱着一只卷毛的羔羊，心想它若能不长大多好。不长大就能永远保留卷毛的自豪，让羊小黑、羊二白、羊随长大去吧，只留给我一湾浅浅的河滩，留给我羊肠一样弯弯曲曲的那条小河。这样，我就能每天对着河水的镜面，一边审视自己的卷毛和怀中这只青色羔羊，一边听野风漫过乡野的声音。

这是一个还没经历过忧伤与痛苦的孩子，它的母亲此时正安静地躺在一棵柳树旁，咀嚼青草，咀嚼人间四月的阳光。磕头虫从柳树上下来，一路磕磕绊绊，正好爬到我手中的芨芨草上。细长的脖子，黑色的盔甲，短短的触角，伸在空气里，像探测风声的雷达。我喜欢磕头虫磕头时发出的啪啪声，仿佛在求饶，仿佛在炫耀，只有它才能用自己的骨节歌唱。这单调的音符啊，听来竟如此美妙。羊群好像已经填饱了肚子，红红的日头挂在天上。几点了，没有人知道，羊小黑在芦苇丛里抓到一条黑蛇般在水中游弋的黄鳝，放在草地上。黄鳝奄奄一息，失去了灵活的本性。羊小黑，长得实在有些黑，把羊群丢在一片树荫下，就快活地在泥里扑腾。黑黑的皮肤，沾满星星点点黑色的河泥，像一只带斑纹的泥鳅，游弋在清澈的阳光里。后来，一声夸张的叫喊，原来是叫蚂蟥叮了。蚂蟥叮人，不能硬扯，如果断在皮肤里，就再也出不来了。还是羊随，又不敢抡起巴掌使劲抽打，一下一下，也拍得羊小黑龇牙咧嘴，到底还是逼出了那只瞎眼蚂蟥。蚂蟥被羊小黑扔在火里，焦煳的气息，随风传了很远。

我喜欢眼睛不眨地数羊，快要吃饱的羊群，安静了许多。有的羊少女，跑到河边照镜子；有的羊母亲，目光温柔地看着自己的儿女。头羊站在一处高岗上，威风凛凛地炫耀缠在角上的草。老了的羊，躺卧在斑驳的树荫下，回望过去的时光。或许，每一只在小河滩上长大的羊，都能在氤氲的水汽中，看见自己过去的影子。它们卷曲着毛发，跟在牧羊人身后，跟随在母亲身旁。有幸，走过好几个年头，没有成为羊二的祭刀之物。这并不值得张扬。不知道需要多少只羊焚身蹈火，才能换来少许族类的安静时光。那么，就静静躺在这四月的清风里吧，油菜花开的气息，野草流溢出来的青涩气息，小河里飘升的清醇的水汽，只要生命延续一天，就不能不安然享受这自然万物的芬芳。

黑色的羊，像天外来客，浑身散发着极为不安定的因子，这种因子在小河滩上流转。魔鬼或者天使，羊并不懂，凡是存在于世的大概就有几分存在的道理，萨特诡异地在白云深处说。我还是将目光投向了几只毛皮洁白的山羊。它们才是天使，是自然与大地的孩子，是造物的宠儿。像一片片洁白的云朵，在蓝天上流浪，放牧在童年的小河滩上。一只，两只，三只，渐渐模糊成一片云，在羊肠一样弯弯曲曲的小河湾里，飘来荡去。

那时候青羊还很多，和白羊平分秋色。青羊是机敏的。一只野狗远远地绕过河湾，想袭击那只青色卷毛的羔羊。青羊的角像两把锋利的匕首，它四蹄腾空，如一道青色的闪电，赶跑了觊觎者苦心设下的圈套。我把野草编织的花环戴在青羊的颈项，稳稳地骑跨而上，多像一个凯旋的将军！

我拥着一只羊睡了，磕头虫在梦里变得硕大无比。黑色的盔甲伸展开来，就是一双巨大的黑色翅膀。磕头虫在天上飞，我紧张得紧闭双眼，伏在它背上。耳畔是风声，是雨声，是花朵盛开清脆的回声。过了很久，睁开眼睛，只见无边无际的天牧场，野草青青，羊村所有的羊都住在了天上。羊小黑，羊二白，羊随，羊小妮，在天空中飞来飞去，挥舞着羊鞭，吹奏着柳笛。到处是温柔的羊的眼神，到处是纤细蓬勃的野草，到处是弥散在风中的花香。到处是羊，黑色的，白色的，青色的羊群。

至于我，不知什么时候也变成了一只卷毛的羔羊，在羊群中走来走去。我根本不知道，咩咩的叫声，像一缕轻柔的风，并没惊醒多少年以前的那场梦。

那时候满天跑着羊群。不信，你回去看看。

二、我们都是姓羊的人

羊村到处弥漫着羊的气息。刚出生的羔羊，从羊水中试探着站起身来，它的腿骨是脆弱的，它的肌腱是纤柔的，它的神经还有些麻痹，但绝对执拗。它要试着从那个暗无晨光的世界中醒来，体味风，体味雨，体味这世间的冷暖。所以，每一次站起倒下，都没有挫伤这个看似柔弱的小家伙的意志。母亲的眼神是温柔而慈祥的，就像羊村每一个孩子的母亲，鼓励着土生土长的儿女站起来，去独自面对风雨。

羊熟悉了羊村的味道，我们也渐渐习惯了这种腥膻、缠绵的味道。每天，太阳从羊栅的后墙上升起，像一块通红的烙铁，走过羊沉醉的梦境，在地平线上沉浮。需要欢呼吗？有时欢呼只存在于我们脆弱的内心。能走过长长的梦境，能迎来清新的黎明，足以证明我们还在大地上活着。像草，满满一河滩的野草。羊群走过，舌尖舔舐草叶的沙沙声，牙齿咀嚼草梗的脆裂声，是一波一波在空气中漫过的收割。这收割毫无力度可言，并不像收割满地的庄稼。羊村的人，一到秋天就把田野剃成了秃子，人站在空旷的田野，像一株衰草，多么无助。

羊熟悉了黑暗，在牧羊犬支棱起耳朵的警惕下悄然入梦。这里是大片大片的平原，藏不住凶恶的豺狼，也无凶猛的野兽匍匐在深夜的暗影中。天生胆小的羊，每一次都踩着落日的余晖回家，心里满是幸福与欢乐。从太阳升起，到日落家园，简单的日子，谁又能说不充盈着欢笑与泪水呢？

我早已熟悉了羊村的胡同、小巷，闭着眼，也能从村东走到村西。从村前的大槐树始，围着小小的羊村转上一圈，保证不会被树桩绊倒，也不会被谁家的狗咬。羊村，住的都是姓羊的人。偶尔来一两个陌生人，羊村的人会疑惑不已，

北方有所寄

羊村的狗会叫个不停。羊村的羊呢？会温柔地低下头去，继续与青草相伴的岁月。

高个子的陌生人，心怀鬼胎地在羊村转了一圈，一边拿手里的石子，在谁家的墙根上看似随意地划拉几下，一边数着风中传来的狗叫声。他们没有羊和顺的眼神，边和村里的男人有头没尾地搭讪，边牢牢地将羊村的地势地形熟记于心。

夜色很快降临。一高一矮两个陌生的影子，把机动三轮车停在村外。羊村是个三不管的地界。一条羊肠子般弯曲的小河，分开了两个省份，浇灌着三个县的土地。所以，用来载送赃物的工具，理所当然地放在别省，跨过一条河，就相当于跨省作案。即便是戴大盖帽的警察来，也可以强词夺理地站在河对岸，说自己和羊村的人不属同一个地方管辖。屁股冒起一溜烟，风一样消失在乡间小路的尽头。

高个子是来过羊村的，寻着光天化日刻下的记号，到了晚上轻车熟路。紧握手中的铁钎，在裤兜里摸索什么。一粒，两粒，凡是狗出声的地方，都投放一粒叫作"蜡丸"的东西。这东西不得了。没有御敌经验的羊村的狗，咬上一口，就像打了麻药，想张嘴喊羊村的老少爷们，喊自家主人，喊睡梦中的羊村的羊，终未张开喉咙。矮个子的陌生人像个猴子，一蹿一米多高，顺过羊村的土墙。簌簌，墙皮脱土的声音，听见屋子里的人咳嗽一声；又翻了一个个儿，酣然睡去。

羊村的羊在栅栏里抖个不停。漆黑的影子像狼一样混进羊群，用手抚摸着羊身上的毛。还是羊村的水土好，羊村的后生开朗善良，羊村的女子美丽乖巧。羊村的羊，更是方圆百里难见的品种，毛厚、绒长；皮子轻柔结实；肉，纹理细腻，顺滑，入口味道浓香。矮个子忍不住咽下嘴里的口水，轻柔地将一只羊拉到墙根下。锋利的铁钎，尖利地吻进羊的喉咙。

高个子在外面接应，矮个子在里面行动。三天，羊村的羊丢了十余只，被下了药的狗在墙根打了一个激灵，从失职的噩梦中惊醒。惶惶然，听羊村的人谈论着什么。

羊村光线充足，在平原腹地，这是个名不见经传的小小村落。日子久了，羊村的人好像也有了羊性，说话轻柔而平和，遇见问路的人，会热切地送到路口，还热情地说，下次路过羊村，一定到家里坐坐。日子过得不紧不慢，羊村并未因为丢了几只羊而失去原有的秩序。

还是那个高个子，鸭舌帽压得很低，鸭舌下面贼眉鼠眼，在村子里溜来溜去。这里是羊村，当然有羊村的待客之道，每一扇敞开的门，迎向春风，迎向春雨，迎向每一个静或不静的黑夜。

落叶萧萧里，羊村最老的长者，山羊胡子在北风中轻轻一飘，礼貌地将高个子迎进自家的院门。羊七爷，放了一辈子的羊，他家有羊村最干净的栅栏，有羊村最多的羊，这让鸭舌帽有些诧异。羊七爷说了："我是村里最老的棺材瓤子，羊就是我的女人，我的儿女，我一生最大的惦记。可是人老了要这么些羊干什么呢？你看墙根下那只苍老的土狗，你看村子里最高大的头羊，你看头羊的那些嫔妃，毛色多么光滑。"说完，羊七爷躺在羊绒的躺椅上，半眯着眼睛。高个子悄无声息地退出了羊七爷的院子。风一样，消失在吸纳暗影的夜色中。

门，竟然没有上锁。故技重施的高个子和矮个子，把三轮车停在外省的地界上，像两只狡猾的狐狸，又一次溜进羊村。目标，当然是羊七爷家。狗，只叫了一两声，便吞下一枚蜡丸，依旧匍匐在墙根下。高个子情不自禁地在羊栅里摸着一只母山羊光滑的皮毛，柔顺而温暖，有女人肌肤一般的质地。他有些不忍让锋利的铁钎深深刺破羊柔软的咽喉。夜色太深，远处传来别的村落的鸡鸣狗叫，让高个子自以为是自家的鸡、自家的狗、自家的女人在喊自己回家。可自己家哪有羊村的光景呢？每个人不是红着眼，就是虎着脸，好像上辈子被人欠了几吊钱，这辈子仍未忘记。东邻西舍互不搭讪，似乎水火不容。羊村啊，哪怕来生托生成一只温顺的羊，也要安营扎寨在羊村，过波澜不惊的光阴。

那只看似昏倒的土狗，忽然凌空跃起；羊七爷家破旧的木板门，砰然打开。土墙外，火把骤然点亮夜空。呐喊声像汹涌的潮水，在羊七爷家小小的院落里起伏。高个子的贼从来没见过这样的阵势，腿肚子发软，想逃，却始终拔不动一双脚。

柔和的灯光像羊的眼神，照在高个子蜡白的脸皮上；矮个子早被五花大绑，拴在门外的树桩上。羊七爷捋着山羊胡子，吐一口旱烟，说一句话。

"贼娃子，踩点踩得隐蔽，但是不太高明，墙上画圈不

羊叙事

是家里人多，就是羊少，对不？墙上画叉的就是家里养着狗，丢了蜡丸就可以下手，是不是？墙上水样波纹的，就是可以放心大胆地干，这家羊多，家里不是孤儿寡母，就是老弱病残，是不是？"

羊七爷说着，一口痰精准地吐在高个子脸上，精瘦的手掌掴在矮个子脸上。

羊七爷关上门，任凭羊村的人处置一高一矮两个贼娃子。羊村的夜里，依然是羊轻柔的呼吸，混杂着野草的气息、小河水的气息，在四处弥漫。我打开一扇风中的柴门，走进去，和羊一起，在夜色中，细数漫天的星光。

三、狗爱上羊之后

羊在河滩上吃草，我们在背风处做自己的事情。羊小妮就像羊村最美的一朵小草花，走到哪里都能引来一股眼神拧成的风。那日，我和羊小黑躺在河汊的草地上看云，芦苇坡就在不远处，成双入对的鸟儿叽叽喳喳叫个不停。一只胸脯上带着黑色斑点的小鸟，在一番激烈的拼争后，赶走了一只浑身灰色的家伙。旁边，一只绿玉般的翠鸟亲昵地扑扇着翅膀，和黑色斑点的家伙站在一起。

"它们是两口子。"羊小黑望着瓦蓝的天空说。

我不置可否，嘴里嚼着一根小草棍，嚼来嚼去，嚼出一种清甜的滋味。为什么，当时还不知道。只看见羊小妮钻进芦苇坡，又着红着脸钻了出来。我知道她去干了些什么，却又不敢往细里去想。一想，胸口突突的火苗，一下蹿出老高，烧红了脸。

这样想的时候，羊小妮的手在狭窄的地洞里和我的手相遇。轻轻一碰，竟然都没有退缩。我们玩的是过日子的游戏，剪子包袱锤，羊小妮是娘，我是爹；当然，羊小黑不得不成了我们的儿子。这里是摇篮，那里是过日子的床，这里是做饭的地方，那里是羊栅栏。生在羊村的我们，连游戏也忘不了把羊算上，算上羊，家才庞大起来，有底气起来。羊小黑就是我们放羊人的孩子，只是还未长大。看见羊小妮佯作嗔怪的样子，羊小黑扮了一个鬼脸，在草地上打着滚儿干号。惊得河滩上的羊停止咀嚼，眼神齐刷刷地投向我们快乐的童年。

那只羊是羊小黑家的羊，是羊村并不多见的黑羊，所以，我们也把它叫作小黑。羊小黑的小黑，身上有卷毛花纹，头顶、尾巴尖、下唇，像故意染上去的白。除此以外，再无杂色。小黑长着一双忧郁的眼睛，并不喜欢和别的羊走在一起，只独自专挑僻静的地方，静静地吃草，吃饱了静静地望天。我们也曾试探过，将小黑赶进羊群，无奈，小黑总是固执地离开，到僻静的角落，寻觅自己的天堂。

不知那只狗是什么时候开始亲近小黑的。那是羊小妮家的一条黄色的土狗，金黄的皮毛，奔跑在小河滩时，像一道金色的闪电，风一样迅疾。耳朵，仿佛小小的雷达那么机敏。小黑在安详地吃草，金黄蜷卧在草丛里，专注地看着小黑的一举一动，仿若一对心有灵犀的恋人。

夏日的天气有些闷热，我们不得不光着屁股跳进了小河。羊小妮不，她躲在一棵小梧桐树硕大的叶子底下，偶尔抛一枚土块，在水面上溅起一朵稍纵即逝的水花。羊小黑说，有一次，他因为羊小妮，怀里像揣了一只兔子。那感觉，像在父亲面前打了一只碗，不敢吭声，不能说委屈；像春天小河滩上的芦苇芽，刺破春泥，芦苇那么尖，泥土肯定也知道疼，可又说不出，像……羊小黑还想接着往下说，被我一巴掌推倒在河岸上。一刹那，脑子里闪烁的全是羊小妮的样子。燥热的风在河道里穿梭，夹杂着雷声，撼动村口最老的那株刺槐树，黑压压的树枝在狂风中乱舞。雨，酣畅着，淋漓着，仿佛憋闷了许久的心事，终于倾泻而下。羊，像雨中卷起的浪，湿淋淋，冒着热气，狂风般朝羊村席卷而去。好几只牧羊犬左突右撵，才不至于让羊群走散。

　　那天的情节，我都知道。当清点入圈的羊时，唯独不见羊小黑家的小黑；羊小妮家的金黄也在慌乱中不知去向。天就要黑了，闪电撕破云层，雷声滚过天空，我们深一脚浅一脚，向小河滩赶去。喊小黑，喊金黄，声音夹杂在雷声和风声里变得无比缥缈。找了很久，雨才渐渐停歇。起先听见金黄的一声吠叫，从一片梧桐林里传来。在一株有着硕大叶片的小梧桐树下，看见由于奔跑不慎跌断了腿的金黄，它浑身湿透，还在滴答雨水。几片梧桐叶的叶柄上，明显有牙齿咬过的痕迹。被雨清洗一新的叶子，一片一片，覆盖在小黑身上。

　　狗爱上了羊，我们却不会多想。即使有过一些丑陋的想

北方有所寄

法，也在快乐的笑声里淡忘。小河滩上有的是野花野草，我们编织成花环，戴在小黑头上，让忧郁的小黑多了几分安静的美丽。懂事的金黄，也乐得从梧桐树林衔来几片青绿的叶子，铺在草地上，给小黑做温软的眠床。

"一条疯狗，是乡间最可怕的动物。"羊七爷说，他年轻的时候所在的白军部队，有一个人被疯狗咬伤，过了几十天，才露出疯癫的端倪。他通红着双眼，拖着长长的口水，见狗咬狗，见人咬人。后来回了家，咬断了父亲的喉咙，被村里人乱棒打死。

夏末秋初的河道上，草还没黄透，被风轻轻梳理着，和羊做着无声的交流。那只疯狗不知什么时候出现在河湾里，耷拉着长长的舌头，与羊七爷说的一般无二。羊群骚乱。其实疯狗并未窜进羊群，只小黑自己，依旧傻傻地躺卧在草地上，安静地想，一只羊到底能不能像一片洁白的云朵，在天空自由飞翔；或者永远留在小河滩上，和金黄一起，在无声的凝视中，走过未知的岁月。

疯狗喘息着，并未在其他牧羊犬的嘶叫声中有一丝退缩。唯独，金黄像一支金色的利剑，在疯狗逼近小黑的刹那，腾空而起。翻滚。撕咬。金黄和疯狗土灰的颜色搅在一起，始终未见金黄的牙齿松离施暴者的喉咙。羊七爷闻讯赶来，看着躺在草地上奄奄一息的金黄和已经断气的疯狗，说："金黄也不能要了。拖了去，深埋。"

此后的一段时间，小黑像被谁施了什么魔法。别的羊在小河滩上安静吃草，小黑自己走进梧桐树林，努力咬下几片业已泛黄的叶子，盖在自己身上；而后，闭上忧郁的眼睛，沉沉睡去。羊小黑、羊小妮和我，手足无措地坐在旁边叹息。少了金黄，羊肠一样弯曲的小河滩上，再也没有一只皮毛如金子般的牧羊犬。在金黄被活埋的那天，羊小妮说："小黑哥，我想一直一直跟着你。"

没有铺垫，而今，在羊村的树荫下，你常常会看见一个淳朴的乡下女人。她推着一辆简陋的轮椅，和轮椅上的男人一起无声眺望小河滩始终未变的风景。

羊小黑怎么了？这个你别问我。问羊小妮。

四、世界上又多了两只羊

北风呼啸着掠过羊村的上空，冬日的羊村有些安静。薄薄的雪落在屋檐上，落在光秃秃的枝丫上，落在宁静的小河滩。天气还不算太冷，我们必须把羊赶到小河滩上。有片草场，我们说好了留着，从春留到夏，从夏留到秋，一直没舍得把羊群赶过去。

有一天，牛家庄的孩子从羊肠般弯曲的小河另一端过来，撵着羊，来到我们专留的冬日草场。羊小黑带着他家的黑色大狼狗，双手叉腰，将牛家庄的孩子和羊，阻挡在我们的领地之外。

雪薄薄的，像地上撒了一层粉扑扑的白面，溜滑。羊二白刚想溜冰，一下子摔了个狗啃泥。嬉闹着，欢笑着，嘴里呼出的白气和羊身上散发出的温暖气息凝集在一起。冬日的小河滩流转着别样的暖意。

在羊村，繁殖力从来都是这样旺盛。小河滩的草，一年年，一季季，一茬茬，被羊咀嚼，却始终保持蓬勃的青绿。惊蛰，雷声滚过羊村的上空，青嫩的草尖就齐刷刷醒来，张望着羊村，张望着天空，张望着这片朴拙的土地。花斑鸟、野鸡、斑鸠、喜鹊、翠鸟、麻雀、燕子、白头翁，有的把窝搭在屋檐下，衔来谁家丢弃的破布乱麻，塞进巢窠；有的把巢搭在高高的树杈上，任凭风吹雨打，霜雪侵袭，也不曾改变守望乡村的初衷。当然，羊肠一般弯曲的小河里，更是孕育着一代代渺小而真实的生命。譬如蛙，三月蛰醒，抖落一身的尘土，让高亢的旋律飘扬一夏。入夜，一对对恩爱的蛙夫妻紧紧依偎在一起，延续着大地永在、生命长存的亘古神话。拖曳在水草上长长的包衣，无数黑色斑点正在不规则地游动，渐渐变成密密麻麻的蝌蚪文，书写的是生命的密码、时光的玄机。

天太冷了，母羊琴不时地抬头望天。远远的，有一片云，被风吹着，好像谁在冬天放的风筝。不过线呢？怕早已断了。放风筝的人看风筝越飞越远，干脆一跺脚，回家猫在被窝里想事情。母羊琴，对着那片黑压压的云咩叫。起初谁都没在意，想，不过是一只羊偶尔的抒情罢了。后来，羊小黑一拍后脑勺："哦，想起来了，赶着羊群离开家的时候，娘说那只母羊恐怕要生了，别走太远。"羊小黑只顾骑着大黑狗在羊群里乱窜，还是把羊带到了河滩上。

还好，我们把羊群赶到一处避风河湾。白毛风呼呼地从头顶掠过。我们钻进一个地窝子，带着豆子、玉米、地瓜，每个人都有对付饥饿与无聊的办法。羊二白与羊小黑负责捡拾柴火，我和羊小妮负责生火。旺旺的火苗，瞬间点亮阴冷的地窝子。一只猫在里面冬眠的青蛙仿佛感觉到了一丝暖意，抖抖身上的土，用低中音哇地叫了一声。豆子熟了，玉米成了爆米花，只是红薯需要慢慢煨熟，到最后才能飘来甜糯的气息。

羊小黑匆匆跑来，嘴里喊着："生了，要生了。"

琴好像真的要生了，它躺在雪地上，脸上写满了紧张，眼睛望着灰蒙蒙的天、苍茫茫的地，又望望我们这群不知天高地厚的羊村小孩。往家赶是怕来不及了。琴躺在地上，任羊小黑怎么喊吓也无济于事。羊小妮急得要哭出声来："我娘在就好了，我娘说生我的时候正在棉花地里捡棉花。我踢着肚子要出来，娘就忍着痛，跪在棉花包上，算是捡回来一条命。"

走又不能走，像放丢了的风筝般的那片云，飘到了我们头顶。天阴沉沉的。"拖进地窝子吧。"我说。几个人交换了一下眼神，没有人提出异议。火重新燃了起来，噼里啪啦，燃烧着树枝、干草。这时，已经没有人关心豆子、玉米、地瓜的事情。每个人的脸色都很凝重，却又满怀期待。母羊琴微闭双眼，紧闭着嘴唇。腰弓着，两条后腿一下一下努力地蹬。反复了几次，依旧没有效果。羊小妮风一样从地窝子里跑出去，过了好大一会儿，才气喘吁吁地回来。她一手抓一把干胡萝卜缨子，一手拿着一截椿树棍儿。北风呼呼地吹，

北方有所寄

雪已经飘了起来。羊聚集在一起，你挨着我，我挨着你，用彼此的体温取暖。羊小妮说让羊把椿树棍儿含在嘴里，生产的时候就能使上劲。羊小妮还说，萝卜缨子下奶，吃了奶水足。羊小黑疑惑地看一眼羊小妮。"咦，你娘生你的时候也含椿树棍儿？也吃胡萝卜缨子？"羊小妮说了一句笨蛋，狠狠地剜了一眼羊小黑，蹲在琴的身边，摩挲着琴身上的毛。

看来，疼痛刚刚过去一阵，母羊琴的眼神渐渐恢复平静。羊小黑搬来几捆秫秸，挡住地窝子的半边洞口，这样风就少刮进来一些，雪就少飘进来一些。

咩，母羊琴又是一声低低的叫，牵惹我们紧绷的神经。已经是第三次了。母羊琴咬紧椿树棍儿，弓着腰，伸直腿，水门鼓鼓的，绽成含苞的花骨朵儿，就是不见小羊的影子。羊小妮不忍再看。我们面面相觑，束手无策。"还是我来。"咬紧的牙关里蹦出几个字，连自己都不敢相信。娘说过，有一天夜里，我去尿尿，裤子脱到半截，就连哭带叫跑了回来，裤裆滴滴答答淌着水。娘去看，原来是猪睡着了，尾巴翘来翘去，月光一照，像一条扭动的蛇。

此时不知哪里来的勇气，我挽了挽袖子，一下就伸了进去。滑润的。温暖的。大概世间所有母亲的子宫，都是这般温暖。羊小黑急切地问我摸到了什么。我只是蹙眉，一句话也没说。慢慢探到一层柔软的膜，犹豫了一下，手指还是继续往前试探。是水，或者是破了的包衣。顾不了许多，试探中碰到硬硬的东西，大概是小羊的腿骨。手，颤抖着。额头渗出豆大的汗珠。羊小妮背着脸，帮我擦去脸上的汗。"有了？"羊小妮问。我点了一下头。食指、中指、无名指夹在两条腿之间，手紧紧一握，一拽，小羊露出半个身子。母羊琴痛楚地哀叫一声，一只卷毛羔羊躺在地窝子里的干草上，眼睛紧闭，张开红嫩的嘴唇，喃喃地叫了几声。

如法炮制，又一只小羊羔被我拖拽出来。母羊琴这才浑身无力地垂下头来。地窝子里的火，依旧旺旺地燃烧，洞外依旧刮着呼呼的白毛风，纷纷扬扬地飘着雪。两只卷毛羔羊，一只青，一只雪白。"就叫雪青、雪白吧。"羊小妮起的名字。

世界上又多了两只羊。羊村的羊群里又多了一只叫雪青，一只叫雪白的羔羊。羊肠子似的小河结了一层薄薄的冰，河床铺上了一层厚厚的雪，羊来羊去，风雪中走过羊村的影子，模糊了，又清晰。

新生，或者老去，不过是生命的接力棒在一次次传递。透过一只羊温顺柔和的眼神，我知道，善良的天性，永远不会泯灭。

五、凤仙花开

羊随知道自己身体里有个秘密，不愿意示人，就像每个生在羊村的人都有自己的秘密一样。我们出生在羊村，身上就有了羊村特有的味道。走在集市上，迎面走来的人会说："嗨，羊村的小子，羊大脚今年养了多少只羊？"羊村人的脸上，仿佛画着羊村的符号，无论如何行走打扮，

北方有所寄

也能被人一眼看穿。

羊随踩着碎步，把一只钻进庄稼地的羊赶出来。他鼻尖上渗出细密的汗珠，脸蛋白里透红，纤细的手指捏着一朵雏菊。我说："羊随，你站住。"羊随就傻傻地站在草坡上。夕阳淡淡地照着，柳树的枝条被风轻柔地抚弄。羊随置身在一片橘黄色的天空下，芦苇坡透出一种醺醉的迷情。我恍惚了很久，却始终未将那句话说出：羊随，你太像羊小妮了，太像一个漂亮的女孩儿。

羊大脚是羊随的爹，羊随家在羊村算得上大户。除了羊七爷，就数羊随家的羊最多，且一只比一只温顺、干净。羊随喜欢那些羊。羊随爹喝醉了酒，打羊随娘打累了，躺在地上呼呼大睡。羊随抹干脸上的泪水，默默清理摔了一地的碗和碟子。他搀起嘤嘤啜泣的娘，然后拾起羊鞭，去小河滩上放羊。

家是冷酷的、坚硬的、充满隔膜的，到了小河滩上，羊随才有了属于自己的天地。羊随头发长长的，娘动员了很长时间，羊随也没舍得剪去。头发太长，不剪也好，柔柔的发丝披在肩上，看上去并不比羊村的女孩子逊色。七八月的小河滩，一片野地上每年都会长出很多凤仙花。羊小妮负责摘来几片梅豆叶，羊随掐来很多凤仙花，捣碎了，包在指甲上。天还没亮，就激动地从床上爬起来，趁着朦胧的月光，看指甲变成胭脂红。羊随想，我并没有和别人不一样，世上有那么多美丽的花儿，我为什么不能体味那醉人的香？

羊随在自己的秘密里长大，我们也浇灌着属于自己的少年心事。有时候，羊随会半夜起来，点燃一支红烛。床头的小柜子，是心之外唯一的秘密所在。如瀑的青丝轻轻盘起，用小时候偷娘的百合发簪别上发髻。裤子、衣衫，是羊随用剪羊毛的钱，到离家最远的一个集市上，请一个年迈的裁缝给做的。那天，老裁缝打量了羊随很久，说："姑娘，你穿？"羊随嗫嚅着，使劲点了点头。"但是，请您做大一点。"轻声细语，老裁缝并无一丝怀疑。他想，大概这个扭捏的乡下女孩在给自己做嫁衣，便呵呵笑了。逃出裁缝铺的羊随，在喧闹的集市上走着，没有人在意这个羊村的孩子，独一无二的孩子。簪花对镜，羊随甚至不敢在那一刻睁开眼睛。天蓝的涤卡长裤，鲜红的对襟上衣，红红的唇，轻扬的柳叶眉梢，粉扑扑的脸蛋。水蜜桃一样的十七岁啊，羊随仿佛穿过了十七年的秘密隧道，来到一片清新静谧的山林。

但是，无论夜如何漫长，黎明还是很快来到。日复一日的鸡鸣，伴着爹挂着痰还在骂骂咧咧的浑浊，像一个大大的问号，渐渐清晰。

一只羊，长得与别的羊一般无二。这是一只卷毛的青色羔羊，两个月过后，渐渐褪去稚气，青青的羊毛不再卷曲，我们叫它小青。小青还是一个孩子，无忧无虑，眼神清澈，撒着欢儿从草坡上下来，又撒着欢儿上去，乐此不疲。我对羊随说，能永远像小青一样多好，不长大，也不想心事。羊随习惯性地把发丝掖在耳朵后面，翘起兰花指，摘下一朵小小的雏菊花。

　　　　　　　　　　　　北方有所奇

春天，是羊发情的季节。按说，已有五个月大的小青，也该在云一般飘荡的羊群里，找到自己亲爱的伴侣。野草爬满小河滩，杨柳充盈满身青绿，万物运行在阴阳调和的进程之中。羊七爷远远地指着小青——那是一只二椅子。"羊小四，回家告诉你爹早早卖了。"我不懂，我想一只羊就应该是一只正常的羊，而不是被捋着胡子的羊七爷随手一指，便把小青说成了二椅子。爹虎着脸，嘴里好像在诅咒什么，隐约还能听见提到羊随的名字。最后一句，无比清晰："以后，绝对不能跟羊随在一起。"

为什么？我只是在心里面喊，却哑着嗓子没喊出半个字。凡是羊随走过的地方，都能刮起一阵小小的旋风，我听见最多的就是"不男不女"四个字。

往往在我们生长的时候，秘密的种子开始流转。秘密只是秘密。隐藏在心底，发生在暗夜，包裹一层坚硬光滑的外衣，才能称其为秘密，就像一枚千年莲子。漫长的暗无日月就是它的秘密，一旦暴露在七月的阳光下，只能花朵般迅速凋零。

羊随在暗红的烛光下，抚摸镜子里的剪影，仿佛不相信十几年的时间就已是自己短暂的一生。身体里，另外一个羊随在喊，细细的嗓音，站在云端，喊另一个人的名字。他／她是谁？羊随并不知道。但每一个单薄的夜色那个自己都会踏月而来，于摇曳的红烛下，温柔地看着沉睡在秘密之中的羊随。

小青被人牵走的那天，羊随的心里猛地一颤。仿佛明媚

羊叙事 191

的春光下，忽有一柄锋利的剑悬在头顶。稍有风吹草动，便会改写一个人的命运。

秘密，一个暧昧的中性词，滚雪球般越滚越大。让你很难想象，那原是一片轻盈的天使之花。秘密从山巅呼啸而来，裹挟着罪恶的尘沙，一路向地狱狂奔。多年以后，我在自己的手腕上刺青，刺下一个若有若无的诚字，时时告诫自己，千万不能成为打翻秘密多米诺骨牌的第一个杀手。

羊随走得很平静，小河滩上弥漫着一股迷幻而刺鼻的农药味道。天上静静飘着流云，河滩上的野花野草，傻傻地开得热烈。几只闪电般飞出芦苇丛的翠鸟，悲戚地叫了几声，消失在远方的天空。

默默凭吊的羊群，寂然无声。泪水流尽的羊随的母亲，细心整理羊随干净的衣衫。天蓝的涤卡长裤，鲜红的上衣，微微弯曲而纤细的手。几粒摄人心魄的豆蔻，仿佛在为一个远行的羊村孩子点燃引路的烛火。

我不能一下逃出悲伤的语境，眼前浮现出羊村很多熟悉的面孔。我无法定义哪一张面孔下藏着罪恶，也无力探寻一个隐藏多年的秘密，只想说："走好，我生在羊村、死在羊村花一样的兄弟。"

六、奶娘

再靠近一点就好了，羊诚从低矮的草铺上爬下来。奶奶走时说了一句什么，羊诚也没听懂；眼睛眨巴了一下，好像在说："奶奶，没事，你走吧。"奶奶走后，羊诚的小眼珠子在破旧的土屋里骨碌乱转。深秋了，窗外的风呼呼拍打着窗棂，薄薄的白莲纸，忽闪忽闪，钻进一股股肃杀的风。这让羊诚感觉极不舒服，打了一个冷战，两个喷嚏，拖出两条长长的鼻涕。

饥饿感是在一场有娘的梦之后袭来的。梦里，羊诚躺在娘怀里，娘撩起土布衣襟，汁水充盈的乳房惹得羊诚咯咯直笑，手舞足蹈。他一口含住娘的乳头吮吸，却品咂不到一丝奶香。羊诚哇地哭出声来，在空荡荡的土屋里醒来。

或许早晨的那顿汤水，早就从肚子里跑光了。手指、被角，连同奶奶的围巾，羊诚统统嚼了一遍，依然饥肠辘辘。

羊诚看着那只母山羊，母山羊也注视着羊诚。

这只母山羊是奶奶在羊诚娘死后第二天，从羊七爷家牵来的。奶奶找到羊七爷，七爷怜悯地看着奶奶和奶奶怀里的羊诚。

奶奶说："羊诚娘没了，想牵一只羊，母羊。"

七爷说："牵吧，看上哪只牵哪只。"

奶奶说："没有钱。娃他娘的薄木棺材还欠着羊木匠。"

七爷说："那就不要钱了。"

奶奶说："就那只。带两只羊羔，养大了羊蛋，大羊小羊都归你。"

羊诚有了奶吃。每天，奶奶把羊奶挤出来，在炉子上熬煮，香浓的奶水和娘的没啥两样。可是，奶奶到了现在还没回家，羊诚一骨碌从床上滚下来，啥事也没发生。在羊村，人不光信奉财神、灶神、门神，还信床神。床神不露真身。只在娃儿坠地的瞬间，从床下伸出一双簸箕样的大手，将娃儿接稳。然后，轻轻放在地上，任其摸爬滚打。所以每到年节，羊村的女人都会在床腿边点燃一炷香，摆几样简单果品，就算祭拜了床神。保佑羊村的娃儿昼夜平安，直到能独立穿衣下床。

四蹄并用的羊诚，很快就爬进羊圈。刚才还在吃奶的两只羊羔，警惕地闪在一旁，看着这个奇怪的不速之客。母山羊还站在那里，不解地看着满地乱爬的羊诚。羊诚往前进一步，母山羊往后退一步，渐渐被逼到死角。羊诚双手拄地，努力抬头，却依然达不到足够的高度。一次，两次，最后无奈地躺在地上，无赖似的撒泼大哭。母山羊轻轻抬脚，绕过羊诚粉嫩的小脸。从羊诚身上跨过去，躺下，幽暗的土屋此时光线柔和。

多年后，羊诚在小河滩上，不止一次向我们讲述他吃奶的经历，惹得羊小黑直哑舌头。到底，羊奶和娘的奶水有多大区别，只能在脑子里一遍遍寻思。

羊诚长大了，长得和我们一样结实。在奶奶的央求下，只象征性地归还了七爷其中一只羊羔。一生二，二生三，三生万物，羊诚家的羊就这样滚雪球般滚成了一大群。

羊村人放羊，爱羊，却没有一个人像羊诚那样亲近羊。羊圈在土屋外面，羊诚执意把母山羊牵进里屋。墙角搭了一个矮矮的草铺，以便母山羊轻轻抬腿就能上床。我和羊小黑天一擦黑去找羊诚，说好了晚上在小树林扮演梁山好汉里的

北方有所寄

英雄。只见羊小黑正拿着一把刷子，给母山羊梳理毛发。

在羊村云一样洁白的羊群里，我深深记得如母亲般的眼睛，黑黑白白的眸子，老瓦一样靛蓝的绒毛……那只羊安静地站在羊村的土地上，站在一个孩子纯真的眼神里。我猜那是一只有感情、会思考的羊，咩咩一声嗔怪，爬上低矮的草铺，又双眸清澈地望向我们。

因为羊，羊村人的性情变得柔软而顺和，但躲不过的惊悸时常会刺痛人的心房。羊诚八个月大，娘大出血奄奄一息。娘扯着奶奶的手，奶奶紧紧抱着不谙世事的羊诚。羊诚的父亲，这个羊村手艺最好的瓦匠，一转身，消失在深秋呼啸的风里。

我犹豫着，要不要敲响羊诚家的防盗门。在一座花园城市的工业园区，一个叫清河家园的住宅小区。这是一次平民文学爱好者的聚会，协办方因为我刚出版的《羊世界》盛情邀约。席间，一位年轻的记者向我提问，说在喧嚣的世界，我用一种田园的笔调描述人们的内心与命运，这是文学的反叛，还是人性的回归？沉默许久，我才淡淡地说："无论世界是好的还是坏的，我心目中的羊村即是向往已久的灵魂故地。在这个弹丸之大的村子里，每个人都姓羊，属羊，有羊本真的脾性，很难觅见狼的凶恶目光。也许在别处，狼世界，虎世界，依然在你争我夺；狗世界，熊世界，已肮脏不堪。这与我内心的羊村无关。哪怕有一天世界覆灭在獠牙利齿之下，多年以后，依然会有人愿意倾听那潺潺的流水声和阵阵柔软的羊叫声。"

羊叙事

我们在羊诚的斗室相拥而泣。羊诚在我身上一次次打量，狗一样闻来闻去。我们不约而同地说了一句："羊膻味。"而后哈哈大笑。

　　那晚，羊诚说："我在母山羊的眼里总能看到母亲的眼神。出门，眼里是挂念，是叮咛。回家，眼里是关切，是问候。后来很多年，睡觉时，那双慈爱的眼睛，就在旁边注视着我的一举一动。我毕了业，像流浪狗一样四处碰壁，一到晚上，那双眼睛就和我说话、对视。每当有了懈怠的念头，那双眼就会严厉地直视我的胸膛。"

　　那晚，羊诚说："我忘不了第一次吃羊奶的情形，一辈子忘不掉。真是奇怪，童年的事情像抹布般被擦得一干二净，但就是忘不了那一幕。母山羊轻轻在我身边躺下，用后腿驱赶走自己的孩子。那时，那眼神是鼓励，是诱惑，是娘的疼爱与呼唤。吮吸了好久，或许到我咯咯咯地笑出声来，母山羊才从我身边走开。"

　　那晚，羊诚说："在羊村以外，我叫羊诚，真诚的诚，虔诚的诚，诚心的诚，永志不改。在羊村，我叫羊蛋。你叫我，叫我羊蛋……"

　　羊诚一记重拳打在我的肩膀上，我踉跄着举起酒杯。城市的灯火依然辉煌，隐隐约约，朦朦胧胧，在玻璃窗外。我说："我另写一篇关于羊村的文字，就叫《奶娘》吧。"羊诚泪眼蒙眬地望向无边的夜空，喃喃道："奶娘。"

　　　　　　　　　　　　　　　　　北方有所寄

七、羊记得回家的路

羊无望地闭上眼睛，矮个子手中的刀子，已经举在半空。羊想这次肯定完了，腿僵直地伸开，向天空撕心裂肺地喊了两声。矮个子家的门响了。是高个子神气活现地回来，说今天不去羊村，羊也别杀了，去喝酒。

矮个子和高个子在村口的小饭馆里喝酒，一会儿吹嘘看了谁家女人的光屁股，一会儿又俯首帖耳，商量不可告人的机密大事。羊从案子上跳下来，矮个子为了让羊的血流得痛快，故意没捆羊的腿脚。

高个子和矮个子是两个贼。白天走在大街上，人模狗样，逢人便点头递烟；晚上，高个子在前，矮个子在后，专门溜门撬锁。羊知道，那个晚上月黑风高，是属于贼的大好时光。花婆婆家的老黑听见动静，刚喊出半声，另外半声卡在了嗓子眼。墙角，一只蜡丸，对于一条没见识的狗来说，无疑充满诱惑。咬在嘴里，瞬间失去了知觉。狗也知道，贪嘴没有好下场，这下轮到了自己身上。软塌塌地躺下去，直到完全失去知觉。喊花婆婆"有贼来了"的半句话，卡死在嗓子眼里。

羊跳下案子，在矮个子的房子里四处张望。这是一个不爱干净的贼。半袋小米倒在地上，一只居心叵测的耗子撞倒油瓶，吱吱地偷油喝。床上，躺着一个半死不活的老人，嘴里嘟嘟囔囔，听起来像在咒骂该死的儿子："不学好，赌博赌到脸精光，媳妇带着孩子改嫁了别人。"看样子他很饿，努力挣扎了几下，连身子也很难翻个儿。羊也无能为力，羊现在想的是怎样才能逃离这个破败而又可怜的家。门虚掩着。吱呀一声，羊用角抵开一条门缝，刚好挤出去。

老人的咒骂还在含糊不清地继续，羊的脚步慌乱而矫健，月明星稀，一纵身翻过低矮的土墙，在胡同里转了几个弯，算是逃出了贼所居住的村庄。

有贼的村庄其实和羊村没什么两样。一样是低矮的土墙，破旧的院落，村子里的人，有的扬眉吐气，有的满脸沮丧。谁也不知道谁是贼，谁是好人；但时间久了，谁家如果出了个吃喝嫖赌五毒俱全的家伙，这家肯定有了来历不明的钱财。简单的日子，苦熬的时光，勒紧裤腰带打下的粮食，好了，能紧紧巴巴度过长长的烟火岁月；歹了，青黄不接的时节，只能东家一碗，西家一瓢，一边苦度，一边拉下不知何时能还上的饥荒。

走在星月微光下的羊有些茫然，飒飒的风吹过光秃秃的树枝，像鞭子抽打空气，发出虚空的呼哨。家在哪里？幸好，走出这座陌生的村庄，羊听见了潺潺的水声。初冬，层层冰凉的雾气纠集，萦绕，小河面上氤氲着朦胧的夜色。

羊有些欣喜，记忆里，羊村的那条河好像流经这里。

花婆婆是羊村有后的孤寡老人。有一年，队里统计五保户，算上了花婆婆。花婆婆愣是颠着小脚走到镇里，和镇上的公家人坦诚相告："没错，家里除了几只羊，再没别人，再没别的家当，就我老太婆一个；可我也有儿子呢，在省城，跟你们一样吃公家饭，穿公家衣，这事谁都知道。"羊

北方有所寄

村有前途的后生，羊忠孝算是一个。羊忠孝打小跟着苦命的娘，打小和娘一起在小河滩上放羊。羊村的人，常常以此为典范，说："你看人家羊忠孝，天天就知道念书、放羊、割草，一点也不舍得闲着。"羊忠孝没闲着，高考落榜不落志，参军入伍。临走，紧抱着弱小得像一片风中树叶的娘，说："等将来日子好了，一定让您老人家跟着享福去。"

享福，花婆婆每每想到这里，就止不住地笑。她目光慈祥地爱抚一只亲昵地靠在身边的羊，一点一点，串联起儿子小时候可爱的模样。

羊忠孝说："娘，你看落下的日头像不像鸡蛋黄？"

娘说："像，像，真像。不是又想吃煎蛋了吧，走，娘给俺娃做。"

羊忠孝说："娘，你看羊小黑的衣裳多漂亮。"

娘说："漂亮，漂亮。娘明天就给俺娃扯布，做新衣裳。"

羊忠孝说："娘，咱家还有几锭银子？听人说，现在不换钱过几年就没人要了。"

娘一一顺着羊忠孝。等羊忠孝退伍参加工作了，结婚了，花婆婆变卖了家里所有值钱的东西。羊七爷说："哎，孝他娘，留点后手，怕将来……"花婆婆笑眯眯地将一群羊赶到集市上。回来，身边跟着一只孤零零的瘸腿羊。羊贩子改了主意，本来说好瘸羊和好羊一样价钱，却变卦说瘸了就只能算一只病羊，短一半价钱。

于是，花婆婆很长时间和一只瘸腿羊生活在一起。

羊不能不想家，不能不想花婆婆。它低头穿过一片茂密的枯草，呼呼的北风吹过，凛然入骨。坑坑洼洼的小河滩，积水已经结了薄薄的冰。羊抬头看看天上的北斗七星，证实自己并没走错回家的路。这才站在原地，稍事休息。身上的毛，早就浸透了汗水，冷风吹过，冰冷刺骨。在矮个子家的几天，矮个子白天呼呼大睡，晚上就像幽灵一样出村。还是那个半死不活的老人，半清不浑地说了句："别把那只羊活活饿死。"矮个子这才弄来一捆干草，摔在羊跟前。眼神恶狠狠的，仿佛在说："等我有空了一准收拾你，让你成天没命地叫。"

羊继续在河道里行走。前面，四周黑黢黢的，像一座高高的水闸，水从闸门上方重重跌落，轰然一声，复又重复。连起来，像一只巨大的怪兽大吼不停。试了几次，水闸后面砌的石头太滑，总是爬到半坡就滑了下来。有一次，还差点跌进水里。羊隐忍着，尽量选择石头上浅浅的石窝，眼看就要翻上陡峭的石坡，还是一骨碌滚落下来。眼冒金星的羊，那一刻怀疑自己是不是死了，恍惚间，在一片冉冉升起的红霞上，和花婆婆泪眼相望。

很多人都忘不了，花婆婆那日泪流满面痛苦的场景。有人说看见羊忠孝在县城的岳丈家里，羊忠孝的媳妇在坐月子。花婆婆不信，去镇上的派出所查户口。户籍人员在档案柜里翻了半天，找到一本发黄的卷宗，说白纸黑字，十几年前，羊忠孝就改名换姓，成了吴忠孝。吴，原是羊忠孝媳妇家的姓氏。

爱说爱笑的花婆婆，从此变得沉默寡言。那只瘸腿羊，仿佛也骤然老了很多。

不过，大约过了一个时辰，羊还是在初冬的冷风中醒了过来。膝盖、头顶，渗出的血已经结痂、凝固。羊试探着，一瘸一拐，微弱的星光在天空闪烁，月亮隐进了云层。沿着之字形的线路，之字形的血滴流了一路，羊还是在最后的时刻，冲到了斜坡上。

东方泛起了鱼肚白，羊仿佛隐约看见晨曦笼罩下的村庄。冰凉的泥水不管，飞溅了一身。入秋收割的芦苇茬不管，穿透了脚趾，仍然一路飞奔。

你不能想象一只羊归家的渴望有多么强烈。世界仿佛屏住了呼吸，看一只羊，一个俗世生灵在初冬里飞奔。

花婆婆又是彻夜未眠，只在鸡叫五更时打了一个盹儿。花婆婆梦见丢失的那只羊回来了，长大的羊忠孝回来了，懂事的媳妇、可爱的孙子回来了，喊着娘，喊着奶奶，走进羊村一座冷清多年的院落。

天亮了，咩咩的羊叫声，羊角抵开木板门的声音响起。花婆婆精神了许多，颤巍巍起床，开门后看见一只知道回家的羊……

秋水记

一、蹲伏在夜色中的一头兽

柴油机像蹲伏在夜色中的一头兽，偶尔，排气管子里会喷出一些零散的火星，那么像星光，却又无限远离夜空。我有时会把自己也想象成一头小小的兽，来自原野的某处，已被温暖的巢穴抛弃，被父母抛弃，独自活在这无边荒凉的大地之上。

我一直幻想着，能否赋予一台具有现代意义的柴油机田野的灵性？比如此时，让它忽然生出一双巨大的翅膀，向着遥远的星空飞去，在那里，有无法预知的命运。

而真实的情况是，三哥把我丢在初春的麦田，一台突突冒烟的柴油机，从胶皮水管里汩汩流出井水。那时的灌溉机械尚且简单，一台水泵，放在地面以下丈余深的地方，挖出一条巷道，以橡胶传送带连接。按减压阀，手执摇把，用尽吃奶的力气将柴油机发动。水，在春天再没有比"水贵如油"这句话更加贴切的描述。此时田里的作物已经濒临干枯，有亲戚的，提前拎上一点象征性的礼物上门，说田里的麦子再不浇水怕是够呛了，今年的口粮难以保证。没有亲戚的，除了眼巴巴看天，只能每天到三哥的柴油机处打探消息，看看还要多久才能排上队。

有一段时间，三哥干的是这样一个营生：把柴油机固定在木板车上，水泵，胶皮水管，一应家什都放在上面。三哥拉起木板车走村串户，有一个专用名词"浇加工"。意即把灌溉工具整理好，只负责看管，由主家亲自动手，浇麦田、棉花田、玉米田。干旱时节，是三哥最忙的时候。我也亲自体验了这样的疲倦，等到了我们村，三哥就放松了些，为了多浇几分地，把我喊来，替换休息或者吃饭。

一眼井的历史可谓悠久，在地表水充足、取水方便的地区，农田灌溉就近取水，可以开挖沟渠；否则，必须凿井利用地下水。河南省汤阴白营龙山文化遗址发现的古井，距今约四千年。此井用 46 层木框垒叠成井筒，木框四角交叉扣接，就形成了井字形井口。而后，战国时代出现了圆形陶井圈叠筑的井筒。《周易·井》载："六四，井甃，无咎。"唐朝陆德明引用汉代马融所言："甃，为瓦里，下达上也。"从一定层面上说明一眼井也能映照出历史的身影。

我们村的水井则不同，与《庄子·秋水》里的大体相仿，"甃，如阘，以砖为之"。这样的水井有两眼，一眼在村庄的核心位置，队部前面的空地上，井台以古旧的石碑围砌。每当晚间，很多人聚集在老井四周，人声起，蛙声寂，蛙声静，人声便又嘈杂了起来。有时开会，谈分地到户，说谁家又有了急难，大家商议如何帮扶。后来我异想天开，从村前小河里捉来几条小鱼，悄悄投进水井里，企盼着某日打水水桶里出现一条活蹦乱跳的金色鲤鱼。当然，这近乎痴人说梦，某一天水井垮塌，标志着村庄又消失了一个多年陪伴的事物。另一眼井在我家地头，也是用青砖砌成，在下文里我将说到这是怎样的一眼井。1990年代大旱，水井几近干涸，二姐一边撒化肥一边向后退掉了进去，受了惊吓好多天不说话，由三哥带头将老井填埋。

我在无边的黑夜中仰躺，初春的夜风稍觉冷硬，星光明灭，柴油机的轰鸣在瞬间消遁。就是这样，在以后的很多时日中，我深陷于嘈杂。譬如现在，街道上的小贩尚未离去，卖烧饼的，卖油条的，还有一位卖豆腐脑的少妇，将喇叭的声音开到最大："豆腐脑来——鸡汤豆腐脑。"让我不能很快进入对水的思索之中。这是没有办法的事情。水声汩汩，在大地上蔓延，能听见麦子饥渴吮吸的声音，能听见蛰醒的小虫振动翅膀的声音，甚至能听见花开的声音。一些不知名的植物，在夜色中悄悄开放，紫色，像汹涌的水面，载浮起我微不足道的身体。我是希望这样的，在水中漂浮、流浪，尽管不知道具体的航向，单是为那紫色的花海已经足够，为那如海面一样宽广的芬芳已经足够。从生而死，一直漂浮到世界的尽头。

三哥喊我，夜色沉陷在一片死寂之中。那头蹲伏已久的铁兽，已经停止喘息，身上还冒着白色的蒸汽。我知道我是睡着了，在一眼井旁，在水之上，在记忆的源头，惺忪着睡眼，向家走去。

二、变成一只鸟才能看清故乡的模样

我需要变成一只鸟才能看清故乡的模样，风在翅膀下鼓动，身体蓄满了力量，在疲倦之前，在折翼之前，在咯了血之前，飞遍故乡的山山水水。

朝霞在天，映照着村庄与老屋，映照出庄稼生机蓬勃的样子。一条河从远处奔涌而来，甩开峡谷的束缚，像一匹脱缰的野马，流向平原大地。这里曾经是黄河泛滥之地，历史上黄河多次决堤改道，形成了黄沙沉积的土地。有时我会从新翻的泥土里发现蚌壳或者一枚远年的螺壳，放在耳边，尤能听见浩荡的流水。很多次我把村庄安置在老河滩上，在形而上的意义上，老河滩代表了故乡更多的土地与村庄。沙壤土瘠薄，需要通过几代人的努力才能使之丰腴，如此，才能养活村庄里的我们。

《尚书·尧典》称："汤汤洪水方割，荡荡怀山襄陵，浩浩滔天。下民其咨。"又有《孟子·滕文公上》云："当尧之时，天下尤未平，洪水横流，泛滥于天下，草木畅茂，禽兽繁殖，五谷不登。"是在说大禹时期的故事。我似乎能看见当年的影像，良田被洪水围困，村庄在水中飘零，以至于哀鸿遍野，村庄里的人们不得不含泪流落他乡。大禹治水，是在其先父之后。以堵治水的鲧，至死没能明白这看似至柔的水为何如此难以驯服，一把耒耜就这样传递到儿子手里。

　　这是一位血气方刚的汉子，在走出家门之时就立下宏愿。在外面奔波了十三年，治水治了十三年，过家门而不入。"薄衣食，致孝于鬼神。卑宫室，致费于沟淢。陆行乘车，水行乘船，泥行乘橇，山行乘樏。左准绳，右规矩，载四时，以开九州，通九道，陂九泽，度九山。令益予众庶稻，可种卑湿。命后稷予众庶难得之食。"这是一个众人皆知的故事，其中的甘苦只有禹一个人知道。历史上记载的大野、菏泽和雷夏泽，都是远古时代的湖泽，我相信禹一定来过这里，在我们村前的老河滩上执耒而立——这里，多年以后会是一片肥沃的土地，这里的庄稼将绵亘千里。有风吹过，掀开大禹身上的蓑衣，那壮阔的胸襟里原来藏着一个更深更远的梦想。

　　我把身影投射在村庄上空，早起的父亲正领着我家那头犍牛在南岗子耕耘，泥土翻开，像一册永远读不完的史书。母亲正站在土墙筑成的院子里忙来忙去，偶尔一愣神，葫芦瓢里的粮食散落一地，引来一群鸡鸭啄食。这是村庄的日常，多年以来以缓慢的步伐行走在老河滩上。那个满头白发的老妪，是我年迈的祖母，在日暮时分将我一把揽在怀里，说起那些泛黄的陈年旧事。

　　不说年月，老祖母的眼睛望向日头沉落的方向，说那一年村庄里发大水。多日来的连绵大雨，人都要长毛了。那水呀，沿着村前的小河，泛黄，继而涌动无数浪花，柴草，树木，屋顶，一股脑儿往下冲。我们家在村庄的最高处，老祖

　　　　　　　　　　　　　　　　　　北方有所寄

母指使所有的孩子出动，帮助村民搬运值钱的物件。猪呀，羊呀，挤满了院子，房顶上、土墙上站满了人。没有人说话，眼睛望着越涨越高的洪水，看不到一丝希望。

老祖母用树皮般的手掌擦了擦眼角，说这时忽然漫天霞光，水像流动的金子，人像庙里的金身，树枝树叶也都被染成了金黄的颜色。有人看见一个人样的物件从六奶家的土墙上漂过来，有头，有脚，以安稳的坐姿在水面上漂移。这后来呀，就成了我们的泰山奶奶，被一直供奉在村东的小庙里。那泰山奶奶慈祥，你跪下磕头，三跪九拜之后，必微微笑着伸出右手，且颔首作应答状。

那水就退了。

我有必要收起翅膀，任时光在体内穿梭，或许是一株高大的梧桐，或许只是自崖间缝隙生出的一株矮小的松树。我知道那或许只是一个神话，当追随着一个人的脚步来到涂山脚下，夜色中仿佛仍能听见那首古老的歌谣：候人兮猗！在那弯弯的月亮之下，等着你回来，我心上的人儿！这是涂山氏发自内心的思念。大禹到了三十岁，因忙于治水尚未娶妻，行至涂山脚下。"恐时之暮，失其度制，乃辞云：'吾娶也，必有应矣。'"我不是不想娶妻，只是每天奔波，哪有时间照顾妻儿。我若想娶，只需一声呼唤。果然，那山林中出来一位娉婷白衣女子，且行且歌："绥绥白狐，九尾庞庞。我家嘉夷，来宾为王。成家成室，我造彼昌。天人之际，于兹则行。"

涂山氏，原是女娲座下神兽之一，一只九尾白狐。

秋水记

我记事起，村庄已少有水患。想必是受到大禹的启发，平原地区遍地开挖沟渠。水，是天之水，蒸腾落下，在天地间循环，以变幻的形态存在。谁又能说自己不是水做的呢？辅以少量的骨血，再添加思想与精髓，就成了大地上的一个活物。我无意忽略那些艰难的岁月，村庄里的人到了老年无一不是脸上刻满深深的沟壑。与大地相同，经过时间的熏染，每个人生命的版图之上都会留下深深的印记。

我尚未停下风中的翅膀，在来去纵横间看到村庄细密的纹理，每个生灵的体内都有一条流淌的河，疏浚或者堵塞，全由自己去治理。你是什么模样，故乡便是什么模样。

三、清粼粼的水在讲述往事

清粼粼的水仿佛在讲述往事，蓝布衣衫的瓜奶手摇辘轳。这是一片绿油油的瓜田，沿着田垄走过，能闻见香瓜的香，甜瓜的甜，能听见薄薄脆脆的脆瓜崩裂的声音。一只蟋蟀闻风而动，啜饮那蜜汁般的香甜。

我的记忆往往从食物开始，将低矮的身体一缩钻进密林般的棉花田，一寸，一寸，像一只贪吃的小老鼠，凭着灵敏的味觉在棉田里穿行。是为了不让任何一块土地空着，也是为了防止有人偷瓜，瓜爷在瓜田的四周种了几行棉花。棉的花朵开放，细黄的蕊丝颤抖，成长的棉桃扑打在头上、脸上，并不觉得疼。水渠里的水在缓缓流动，干旱时节，瓜爷和瓜奶轮流汲水，以免坐果的瓜秧缺水。

　　　　　　　　　　　　　北方有所寄

我从棉田探出头来，身体仍旧低于瓜的藤蔓，水中现出一个蓬头垢面的少年，像一只被人遗弃的小兽。那时涎水已经流了出来，只是我没有注意，在前方，只要轻轻越过窄窄的沟渠，就可以摘下一颗解渴解馋的香瓜。如你所料，当我刚要涉过沟渠，便被一只大手拎着耳朵站起。是瓜爷。

　　辘轳装在老井上，陈年的齿轮咬合，在吱呀转动的声音中将清粼粼的井水汲出，顺势倾倒在沟渠里，循环往复。井架是枣木的，摇柄是称手的刺槐木，一根油棕绳像一条游移的大蛇，伸展，盘卧，将地下之水汲出地面，而后顺着长长的沟渠流进瓜田。那香瓜就香了，那甜瓜就甜了，那脆瓜就脆了，站在辘轳边瓜奶白皙的脸儿就红了，顺势抛给瓜爷一个我尚且不能弄懂的眼神。

　　辘轳演变有史，就如乡间的很多事物都能找到其本源。据《物原》载："史佚始作辘轳。"那么史佚是谁？周武王与商纣王在牧野决战，史佚随周武王出征，商纣与臣子离心离德，武士们纷纷倒戈。商纣王自焚而死，周武王砍下商纣王的脑袋。此时，史佚回望天际暗淡的星影，记录下此时的星座与月相，后命铜匠在利簋上浇铸"岁鼎克闻夙有商"的铭文，以此记录下牧野之战的具体日期——公元前 1046 年 1 月 20 日。又有"君无戏言"一词，武王崩，成王立，成王剪下一片梧桐叶赐予叔虞，说："我用这个玉珪来赐封你吧。"谁知史佚当时站在一旁，立请成王择良辰吉日加封叔虞。成王想要赖，称"吾与之戏耳"。史佚对曰："天子无戏言，言则史书之，礼成之，乐歌之。"遂封叔虞为唐王。

秋水记

便是这位博学机敏的史官发明了辘轳，到了春秋时期，辘轳已经广泛流行。

我们村抗旱，主要有三种方式。一种是来到瓜爷的瓜田，央求瓜爷借用一下老井上的辘轳，肩挑手提，将一桶桶油般金贵的水运到田里，给瘦弱的小苗浇下去。日光炸裂，仿佛能听见噼啪的声音，泥土裂开了口子，刚刚萌生的叶苗枯萎，仿佛一阵风就能吹走那羸弱的生命。一种是从干涸的河面往下挖，在岸边装上一架桔槔，一端绑上一块石头，一端连着水桶，然后把浑黄的河水灌进塑料水袋。有牲口的用牲口，没有牲口的由人用板车运到田里。这一幕记载在《天工开物》里："用桔槔、辘轳，功劳又甚细已。"

还有一种颇为魔幻，我从老祖母的口气中能听出恓惶，也能听出哀叹。"十二寡妇去扫坑，扫的扫来塪的塪，不出三天下满坑。再等三天你不下，十二寡妇一齐嫁。"这是在老河滩流传已久的歌谣，言说久旱无雨，井里壕里都不见水的踪影，没办法，只能召集村民商议。前日晚上约上十二个寡妇，村里出口粮，翌日让寡妇们在村东干裂的坑底清扫，祈求雨来。老祖母算一个，讲完之后骂了一句他奶奶个爪儿，也不知谁想出来的鬼办法，扫了三天也未能求到一滴雨，遂丢了扫帚在门楼里睡下。不就一个死么，犯得着颜面尽失去扫什么劳什子坑。

青草青，秋草黄，瓜奶在一个深夜投入那口深井，此时的瓜奶已经有了身孕。有人说起，仍然不免叹息。当年瓜爷还是一个走街串巷的小木匠，在南乡认识了瓜奶。月光

　　　　　　　　　　　　　北方有所奇

下，瓜奶躺在瓜爷怀里，瓜爷躺在瓜奶家的柴草棚里，幽幽地说，等我姐的家具打完了怎么办？瓜爷紧蹙眉头，咬了咬牙——跟我走。这一走就是三年，来到了我们村，在瓜田里搭了一间茅草屋。瓜爷种田，瓜奶帮瓜爷缝补浆洗，日子虽清简却也香甜。冷不防，南乡派人来，说死活也要把瓜奶带走。瓜爷没在家，只听见瓜奶叫了瓜爷一声，平静的老井里传来"噗通"的声响，散乱了月光。

我需平复一下起伏的心情，才能从远年的困顿中走出，那些纷飞的沙尘，龟裂的土地，面色枯黄的人与庄稼，依旧安放在远处。上善若水，只是这水有时也会设置一道艰难的屏障，水之内，是清澈，是缓慢流淌的时光；水之外，是村庄，是咬紧牙关的坚守，一步步挪移，挨过那些苦涩的日月。

《十万亩水声》是我写给一座城池、一架水车的作品，较为详细地梳理了水车的起源与演变。只是很可惜，我们的村庄尽管坐落在老河滩边上，也没能使用上日夜流转的水车。我在文章中写道：

"经过一次次试验，一次次设想，发现当水流变细的时候会产生巨大的冲击力，当前急需的就是想办法增强水流。段续参阅元代王祯《农书》中所介绍的：'若水力稍缓，亦有木石制为陂栅，横约溪流，旁出激轮，又省工费。'于是段续带人在上游修筑扇形水坝，将河水逼进通往水车的巷道，以增强冲击力。深挖，底部镶嵌石头，使之形成落差。

"这些创新措施，终于使庞大的水车开始吱呀旋转，将河水倒挽灌溉田地。由此，兰州水车也被称为天车。段续所制造的第一架水车安装在段家滩小南河，也被称为段公车，祖宗车。此后的四百年间，上至青海贵德，下至宁夏中卫的黄河两岸就有了林立的水车。"

这是人类的开明之处，利用人的智慧与自然的力量，推动文明的车轮。我能听见远年的水声，在疾速或者缓慢的流淌中映照出清澈的往事，有欢喜，亦有深深的悲凉。

四、大雪飘落的当口

青林叔躺在低矮的工棚里，秋风掀开帆布的一角吹了进来，竟然没感觉到一丝凉意。说不清是第几天了，身上一忽儿像架在炭火上烤，能听见爆裂的声音；一忽儿又像堕入寒冷的冰窖，瑟缩着，找不到出口。

挖河工地上人欢马叫，队长李宏德进来看看青林叔，问了问情况，说不行就早点把你送回家去。青林叔摇摇头，表示还能撑下去。李宏德也便作罢，从腰里抽出喇叭——各位父老乡亲，都加把劲，干完了好回家——青钢你个瘪犊子又去哪了，懒驴上磨屎尿多。李青钢就从麦草垛后面提着裤子晃悠悠出来，嘴里叼着一支烟，单薄的身板能被一阵风吹走。

青林叔也瘦，是病态的那种瘦，常年面色枯黄，一副营养不良的样子。也难怪，青林婶打从嫁到我们村就孱弱多病，后来生儿子小山时大出血，差点送命。队里安排下来挖河任务，说有钱的拿钱，没钱的出力。到了青林叔这儿，队长说，你家有拖拉机，工地上的事儿，想干了就干点，不想出力就好好开你的拖拉机。真是无奈的事情，青林叔刚到工地上没几天就染了疟疾，吃药打针也不见好转。拖拉机就交给了瘦猴李青钢。

洙水河在我们村北面，有六七十里的距离。河面并不算宽阔，但历史有些悠久。北宋年间，黄河一使性子就决堤，从河南清丰县一摆尾巴，浩浩荡荡流向东南方向，经巨野，穿济宁，汇入泗水而入海。那时梅妻鹤子的林逋先生尚寓居曹州，曾写下《曹州寄任独复》一诗："交结文章尽世惊，城中幽隐更无营。敢将古道为吾事，耻对常流语子名。"一改江南婉约之风，平添了三分北地豪情。

大河流淌，诉说的是前朝往事，只不过需要及时疏浚，方可为我所用，灌溉千里沃野，浸润草木与众生。

我熟悉那样的场景，长长的河道里是涌动的人潮，每个村为一组，每个家庭划出一个窄窄的长条。有牲口的人家套上牲口，鞭子一扬，牛背弓起，地上是一道深深的车辙。没有牲口的人家，全家老幼齐上阵，大有愚公移山的精神，每个人脸上都透出深深的疲惫。这次还好，到底是到了1990年代，有了可供驱使的拖拉机，不拉屎尿尿，不喊苦喊累，发动机突突冒着黑烟，把河堤里的淤泥运到百米开外的河滩上。青林叔到底从工棚里摇摇晃晃走出来，秋风撩动长长的头发。心里想着也许过不了几日就能完工回家，还能赶上送儿子小山入伍。

水是庄稼的命脉，庄稼是农民的命根子。从我们村到河南林县也不过三个多小时的车程，站在太行山上，可以看见缠绕在山腰的沟渠，像一条明净的带子，从大山深处旖旎而来。红旗渠，是在"人定胜天"的背景下打造的奇迹，1960年始，至1969年支渠配套工程全面竣工，耗时十年。这期间，打断了多少枚铁钎，磨坏了多少把锤头，无法计算。红旗渠纪念馆的墙壁上写着这样一组数据：该工程共削平了1250座山头，架设151座渡槽，开凿211个隧洞，修建各种建筑物12408座，挖砌土石达2225万立方米，红旗渠总干渠全长70.6公里(山西石城镇—河南任村镇)，干渠支渠分布全市乡镇。据计算，如把这些土石垒筑成高2米、宽3米的墙，可纵贯祖国南北，绕行北京，把广州与哈尔滨连接起来。

面对这样一个几乎无法完成的工程，你很难相信是一个个血肉之躯在大山中日夜穿行，用骨，用牙，用血肉抵御干旱完成的。只为能让后辈迎来一个个饱满的秋天。

这是流淌在日光之下的河流，多年之后的我站在洙水河畔，想要看见二十几年前村人的身影。然而，除了静默的柳在水中的倒影，以及贴着水面飞过的燕子掠起浅浅的水波，空无一物。那些转动的车轮呢，是否淹没在了水色之下？那喧嚣的人声、拖拉机的突突声都去了哪里？

暗流，是水表达自己的另一种方式，以沉默沉潜于深深的地面之下，没有闪烁的波光，没有生物的呼吸，一如胎儿在大地的母腹中孕育、生长。

北方有所奇

汉代起，为了灌溉生产兴建了很多大型水利工程。比如《史记·河渠书》中就记载了汉武帝时修龙首渠的场景："自征引洛水至商颜山下。岸善崩，乃凿井，深者四十余丈。往往为井，井下相通行水，水颓以绝商颜，东至山岭十余里间。井渠之生自此始。穿渠得龙骨，故名曰龙首渠。"是说在水平面以上的高陵处开凿水井，在井底把地底疏通，使河道之水形成地下河通达明渠，然后灌溉田亩。

大雪飘起的那天，疏浚河道的工程完工，青林叔一改往日的虚弱，脸上泛着微弱的红，帮助村人往四轮拖拉机上装铺盖、锅碗瓢盆、木板车等一应物件。总算能赶上儿子小山入伍的时间了，队长李宏德大着嗓门说今晚去喝青林家的喜酒，喧嚣的河道里只剩下一阵空寂的风。已经有人在上游开闸放水，浑浊的河水似脱缰的野马在河道里翻滚、涌动。没有人能预见未来，谁也不知道接下来会发生什么事情。

那天抵达镇街已是暮晚时分，一场通天扯地的雪模糊了人们的视线，为了躲避学校旁拐弯处一个学生的自行车，拖拉机偏离了方向，一头冲进路旁的深坑。车上的人尚无大碍，青林叔被挤压在一株杨树上，当场死亡。

五、小飞蓬瘦弱的伞花向天际飞去

一部《诗经》是中原大地的缩影，流水漫过秋草，漫过一座座往日故城，长出苍莽的蒹葭，长出农耕文明深处的庄稼与村落。朝代更迭，不变的是一方土地，无论历经怎样的厮杀与崩裂，土地仍然是土地，流水依然淙淙。

由于气候的原因，黄河中下游地区时常春旱秋涝，涝中有旱，旱涝交替。旱地沟渠虽然也可容水，发挥保持土壤湿润的功效，但不能引水灌溉，无法满足干旱时作物对水的需求，所以西周以后主要种植耐旱的黍稷类作物。但在水源条件较好的地方，灌溉水利出现雏形。汉代农书《氾胜之书》中记载："昔汤有旱灾，伊尹为区田，教民粪种，负水浇稼，收至亩百石。"而这仅仅是一种传说，西周时才有了对人工灌溉的明确记录。这在《诗经》的《大雅》《小雅》等篇什中都有所反映。

我站在七月的田野，恍惚中变成从《诗经》中走来的一位农人，还有"采葑采菲"的女子，还有"卷耳采采"思念良人的妇人，当然也有"匪来贸丝"的青皮子，让人不免疑惑。却原来，时空交错中灵魂不灭，只不过以另外一种形式存在。没有什么需要怀疑，当一个人融入生活多年的土地，那草木，那风雨，那汨汨而流的明水与深泉，都已灌注于血肉的身体。

《曹风·下泉》是诗经中少有的描写曹州故园的四首作品之一，其声清冽，其叹苍凉，一如秋风过野，吹不散的离愁别绪。"冽彼下泉，浸彼苞稂。忾我寤叹，念彼周京。冽彼下泉，浸彼苞萧。忾我寤叹，念彼京周。冽彼下泉，浸彼苞蓍。忾我寤叹，念彼京师。芃芃黍苗，阴雨膏之。四国有王，郇伯劳之。"《毛诗序》中说："下泉，思治也。曹人疾共公侵刻下民，不得其所，忧而思明王贤伯也。"认为曹人痛恨统治者的暴虐，而怀念明王贤伯。

而我却总以为《下泉》所要表达的是离乡背井的游子对故土的眷念。寒凉的泉水在地下汩汩流淌，你看那一丛丛狗尾草浸泡在秋水之中。梦中醒来啊，禁不住常常叹息，不知何时才能回到故乡。接下来的是艾蒿、筮草与田野上的庄稼，分明是一个离家多年的人梦回故土，于彤彤的夕阳下，在故乡的小河旁，刚想掬起那一捧深深的离愁，却霍然梦醒。

我不能太过矜持，手提一只土篮站在水井旁，土篮里装了几个咸鸭蛋和一瓶酒。是母亲嘱咐的，要跟长叔说好话，要看着长叔把酒喝下去、把鸭蛋吃完才能离开。那时，村子里还没有几台拖拉机（三哥已经转向养殖业而放弃了"浇加工"的营生）。拖拉机可以耕地，可以运输，也可以装上一台电机发电抽水。长叔家有一整套灌溉工具。长叔就是这样，脑袋装在短短的脖子上，很是费劲地扭向我，并不说话。我把土篮放下，说，叔，下午我再来。刚走出几步又被长叔喊住，说去镇上灌一桶柴油。

夜深，蟋蟀伏在叶子底下拨动琴弦，这从《豳风·七月》中飞出的小虫，从未停止过弹拨。也许是出于寂寞，也许是感知到秋天来临，要以微弱的声响奏出生命的哀歌。在这个孤单的世上，唯有草木与虫蚁能独自享受属于自己的寂寞。四野无人，只听见哗哗的流水声在田间流淌。这是我一个人的战斗，自从诞生在这片土地上就注定成为一个彻头彻尾的农人。我手执铁锹，尽量让每一株庄稼都能喝到水。我把双脚插进泥水,在暗夜中留下深深浅浅的脚印。没有人会记得你从何而来,也没有人会知道你将去往何处,草木为邻,虫蚁为伴,你需要躬下腰身才能仔细丈量曾经走过的漫漫长路。

翌日,我大概疲倦得想要睡去,哗哗的流水声中止。钻出玉米的丛林,这才看到长叔已经把工具收拾整齐,正准备发动拖拉机离开。我喊长叔,我家的地还有一多半没浇,长叔硕大的脑袋没有转动,说等几天吧。

站在秋日的田野上,眼看着庄稼枯萎,母亲的脸上只剩下愁苦。那一年,剩下的玉米地再没来得及浇水。

狗尾草摇曳,小飞蓬矮小的植株上飞起朵朵瘦弱的伞花,向天际飞去。我不知道,那是不是来自《诗经》里的草木,为何经过许多年会失去水的润泽。没有人能告诉你答案,水声漫漶中,一些时光或苍凉或蓬勃,组成记忆的断片,也成为滋养生命的养分,涌动不息。

六、秋水漫过时间的额头

多年前的一个秋天,庄子站在黄河边沉思。这是一个内心装得下天地的人,冥想时,时而为鲲,在无边的大海中打了一个回旋,激起万顷波涛;时而为鹏,展开巨大的双翼,遮天蔽日,怒目而飞。当然,更多的时候,他会变成一株安静的草木,植根在黄河岸边。

庄子,一个无名的漆园小吏,是如何成长为一位先哲的，这让人多少有些疑惑。秋水漫溯，那来自《诗经》的蒹葭苍苍，在风中摇曳；涂山氏女深情的歌声，在旷野中飘荡。《史记·老子韩非列传》中写道："楚威王闻庄周贤，使使厚币迎之，许以为相。庄周笑谓楚使者曰：'千金，重利；卿相，尊位也。子独不见郊祭之牺牛乎？养食之数岁，衣以文绣，以入大庙；当是之时，虽欲为孤豚，岂可得乎？子亟去，无污我。我宁游戏污渎之中自快，无为有国者所羁。终身不仕，以快吾志焉。'"是说楚庄王听说庄子很有才能，派出使臣带着丰厚的礼物去聘请他来做宰相。不识时务的庄子，连杯茶也没倒，就拿出了自己的那套理论。千金的确是厚礼，卿相确实是尊贵的职位。但你知道祭祀天地的牛、羊、鹅，被喂了好几年，披红戴花牵进太庙当祭品。在这时，即便它想做一头孤独的小猪，还能做到吗？这是一个高明的诘问，抛开世俗的攀附直奔生活的主题。庄子继续说——我宁愿在小水沟里身心愉快地游戏，也不愿被束缚。我终身不为官，只是为了让自己身心愉悦。

　　这时的水分明是一处自由之所，从大鱼翻腾的水云间到方寸泥淖，充分显示了一个人决绝的内心。灵魂在飞扬，荻花在夕阳下飘扬似雪，你能听见远处清亮的水声，载着命运，载着初心启航。

　　沈从文写过一篇随笔，叫《我的写作与水的关系》，言及水，就仿佛回到阔别多年的家乡。那流淌的酉水河，那淙淙的沱江水，水岸旁林立的吊脚楼，以及停歇在岸边的小船，都曾经给予他巨大的想象空间。或许不仅仅是想象，一个人在一个地方久了，那水就成了流淌回环的血液，那草木就长成了坚硬的筋骨，那记忆就会在瞬间复原，重返昨日现场。"孤独一点，在你缺少一切的时节，你就会发现原来还有个你自己。"这与庄子的"曳尾于泥涂"有异曲同工之妙。

我的成长也与水有着密切的关系，少年时，一个人遛遛转转就到了老河滩上。我熟悉那里的一草一木，知道在茂密的小树林中藏着一株结白色果实的桑树，哪一片杞柳丛里住着一窝鹌鹑，白天出来觅食，晚上回去喂养儿女。哪一道小河湾有黄鳝出没，脱光衣服跳进水中，不大会儿便捉住一条，在河岸上点燃野火。那是散发香味儿的年少时期，我近乎一个自由的幽灵在老河滩上出没。到了傍晚，晚霞点燃天空，躺卧在青草丛中，蝙蝠在水面上回旋、俯冲，水声在耳廓回响，人就好像漂浮在水面之上，顺流而下。

庄子的《秋水》长于思辨，思绪宛若汹涌而至的山洪，大川汇流，河面宽阔一如奔腾的马群。"井蛙不可以语于海者，拘于虚也；夏虫不可以语于冰者，笃于时也。"何谓大小，什么又是大道，当秋水漫漶，有关生命的解读浮出水面。井里的青蛙，你不要试图跟它们谈论大海；夏天的小虫，你不可能让它知道冰冻是怎样一回事。

我在田野上行走，周围除了一望无际的田野就是耳边呼啸的风声。雨水丰沛之年，庄稼和野草都长成应有的模样。回望来时路，一个人从母腹中出发，沿着血脉的道路走向死亡，其间是一片更为深广的风景。我始终不能忘记一句

　　　　　　　　　　　　　北方有所寄

话——乡土和孤异是我们通向普遍世界的唯一道路。此时的乡土就是写作者的原乡，而孤异是天地赋予的独特性灵，它们与写作者彼此选择，在书写中抵达故乡，在探索中把触角延伸向远方。

秋水漫过时间的额头，我用自己的方式怀念水，那架远年的辘轳，那口幽深的老井，那些苦难的境遇，那些艰涩的岁月，幻化成无数条支流，最终汇聚成一片汪洋之水。飘荡吧，或者独自撑起一支竹篙向秋水更深处漫溯，以滋养这未尽的旅程。